三世代探偵団

枯れた花のワルツ

赤川次郎

角川文庫
22947

目次

プロローグ

　少しめまいがして、沢柳布子《さわやなぎきぬこ》は立ち止ると、じっと目を閉じた。

　──大丈夫。すぐに治るわ。そう。これぐらいのことで、倒れていられやしない。

　私が主役なんだから！

　そうよ。今日は私のための日なんだわ。

「──先生」

　と、男の声がした。「大丈夫ですか？　お具合でも？」

「いえ、何でもないの……」

　目を開けて、笑顔を作る。「ちょっと疲れただけよ」

　それでも、自分を取り囲んでいたパーティの喧騒《けんそう》がスーッと遠ざかって行くような感じがして、「私、どうしたのかしら？」と思った。

　右の腕に軽く手をかけられる感覚があって、

「おかけになった方が」

　と、やさしい口調で声をかけてくれた人がいる。

「ありがとう。でも……」

「少し外へ出られますか？　ここ、暑いですし」

声をかけてくれたのは、沢柳布子から見たら孫ぐらいの——たぶん十六、七の女の子だった。

そうだわ。私は孫がいてもおかしくない年齢なんだもの。無理しないで座った方がいいのね……。

「じゃあ、ちょっと座らせていただくわ」

ロビーの隅に用意された椅子まで、その女の子は案内してくれた。

「どうもありがとう」

と、布子は言った。

腰をかけて、自分がどんなに疲れていたか気付いた。

「冷たいお飲物、持って来ましょうか」

と言われて、

「いえ、まだあるから……」

と、手にしたグラスを見た。

氷はすっかり溶けて、生ぬるいただの水になっているようだ。

「じゃあ……ウーロン茶を」

「はい、すぐに」

気持のいい子だわ。——昔の私のよう。セーラー服で駆け回った青春映画のヒロインは、あんな風にきびきびとして爽《さわ》やかだった……。

女の子はすぐにウーロン茶のグラスを手に戻って来た。

「どうもありがとう」

「いえ」

「あなたは……この病院の方？」

「違います。私、天本幸代《あまもとさちよ》の孫です」

天本幸代って、誰だったかしら？　どこかで聞いたことがあるようだけど……。

その女の子は、布子の表情をしっかり読んで、

「このロビーの壁画を描いたのが、祖母の天本幸代です」

と言った。

そうだった！　——布子はやっと思い出した。

今、自分はK大病院の新しくできた病棟のロビーにいる。建物はもう完成していたが、設備の工事が終らず、患者が入れるまで、あと二、三週間かかるらしい。

その病棟のロビーの壁一面に美しい壁画が完成して、今日はその披露のパーティだ。私が主役のパーティじゃなかったんだわ……。

「そう。すばらしいわね」

と、布子は言った。

壁画は、豊かな自然の中で人々が生きているさまを、活《い》き活《い》きと描き出していた。

「あなたのお祖母《ばあ》様なの。本当に心の温まる絵だわ」

「ありがとうございます」

その女の子は、天本有里《ゆり》といった。そして、

「祖母も母も、沢柳さんの大ファンです」

と続けた。「おいでになってると知っていますので、ご挨拶《あいさつ》してもいいでしょうか？」

「ええ、もちろん！　お忙しいでしょうけど……」

有里は、布子の言葉の後ろ半分を聞かずに人々の間を素早くすり抜けて行った。その速さに、布子はため息をついた。

私も——そう、私もあの年ごろには、徹夜の撮影も苦にならなかったものだ。

でも、仕方ないことだ。もう七十六歳。そして、病を得て、このK大病院に入院している身なのだから。

そして、布子はハッとした。

「いやだわ……」

あの壁画を描いた有名な画家が、私に会いに来る。でも、私、メイクも何もしていない。

女優なのに。スターなのに。こんな、ろくに髪もまとめていない格好で……。

でも、もう遅かった。

あの女の子が、二人の女性を連れて戻って来た。

「沢柳さん。祖母と母です」

と、天本有里は言った。

「お目にかかれて光栄です」

と、年長の、しかし若々しい活力を感じさせる女性が言った。「天本幸代と申します。これは娘の文乃《ふみの》で」

「沢柳さんの映画をたくさん拝見しました」

と、文乃が言った。

「ずいぶん昔のことで……」

と、布子は微笑んだ。「幸代さんは、すばらしい絵をお描きになって」

「ありがとうございます」

と、幸代が言った。「私も、もうこんな大作を手がけることはないと思いますので、できる限りのことをしたつもりです」

「でも、あなたはお元気だもの」

と、布子は言った。「私はもう七十六。あなたは？」

「七十二になります」

「じゃあ、ライフワークはこれからですよ」

「沢柳さんにそうおっしゃっていただくと、元気が出て来ます」

「私もね……病気さえなければ、まだやれる役もあると思うんですけどね」

布子がひとり言のように言った。

そこへ、

「やあ、これは」

と、幸代と親しいこのK大病院の医師、内山昌志《うちやままさし》がやって来た。「大女優と大画家の出会いですね。奇跡の瞬間だ」

「大げさね」

と、幸代が笑って、「顔が赤いわ。ワインの飲み過ぎよ」

「白衣を脱げば、ただの酒好きですよ。それに、病院の中で、堂々とワインが飲めるなんて、めったにないことですからね」

「壁画の評判はどう？」

「みんな大喜びしてます。天本さんにお願いして正解だったと」

「お世辞でなければいいけど。それに、本当に評価して下さるのは、ここに出入りする患者さんたちですからね。みんなが、あの絵で少しでも慰められるなら……。いえ、本当はあそこに絵があることを、当り前のように思って、忘れてくれるのが一番いいことかもしれないわ」

と、幸代は言った。

「すみません」

病院の事務室の男性がカメラを手にやって来て、「天本さん、壁画の前で何枚か撮らせて下さい」

「はいはい。――では沢柳さん、失礼します」

「ええ、どうも……」

幸代が、ロビーに集まった病院関係者の間を抜けて行く。

内山医師が、

「沢柳さん、お疲れでしょう。そろそろ病室に戻られた方が――」

と言いかけると、

「先生」

看護師が急ぎ足でやって来て、「急患が一人、難しいんです。診て下さい」

「ええ？　誰かいないのか？　僕は――こんなだぜ」

ブツブツ言いながら、それでもロビーから出て行く。

「大変だわね」

と、布子は呟《つぶや》いた。

でも――必要とされていること。それは生きるために欠かせないエネルギーだ。

今の私は、もう誰からも必要とされていない。そうだわ……。

「先生」

布子にそう呼びかけた若い男性は、布子が数年前に出した「回想録」の編集者だ。

「ああ、ちゃんと食べてる？」

「お会いしたいという方が」

「私に？　こんな格好なのに……」

人をかき分けてやって来たのは、ジーンズの若者で、どう見ても二十代。

「沢柳布子さんですね」

と、まるで刑事のような口調で言った。

「ええ、そうですよ」

「お願いがあります」

と、その若者は言った。「僕の次の映画に出て下さい」

布子は面食らって、

「あなた……誰？」

「失礼しました。寺山健司《てらやまけんじ》といいます。監督です」

「ずいぶんお若いのね」

「もう三十です」

編集者が話を聞いて、

「寺山さんは、海外の映画祭で賞をもらってるんです。実力のある人ですよ」

と言った。

「まあ……。こんな年寄に声をかけて下さってありがとう。でも、私、具合が良くないの。ここに入院していて……」

「知っています」

と、寺山は肯《うなず》いて、「さっきから様子を拝見していました。それだけの元気があれば、大丈夫です」

その断言の仕方に、布子はつい笑ってしまった。

「若い方には分らないわよ。こうして起きていると、明日はきっと一日ベッドから出られないわ」

「でも、まだ現役でおられるはずです。ぜひお願いしたいんです」

強引ね。――布子は、この若者の口調に、かつて出演した映画の巨匠たちの面影を見た。

クタクタになるまで、やり直しさせられて、

「もう倒れちゃう！」

と、悲鳴を上げた布子へ、巨匠は、

「倒れるのは、このカットを撮ってからにしてくれ」

と、冷ややかに言ったものだ。

「お医者様と相談しないと」

と、布子は言った。「何の役かしら？　主人公のお祖母さん？」

「いえ、主役です」

と、寺山は言った。

1　冬の学園

「真奈《まな》！」

天本有里は、声をかけた。

道の向う側で、城所《きどころ》真奈が手を振る。

「待ってて！」

という有里の声に、真奈が大きく肯《うなず》く。

有里は、横断歩道の信号が青になると、駆けるように渡って、

「帰り、急ぐの？」

と訊《き》いた。

「大丈夫。有里の方が忙しいんじゃないの？」

「少し急いだって同じ。少しのんびりしないとね。——甘いもの、食べて行こう」

「いいね！」

と、真奈は笑った。

風が冷たかった。日が落ちるのも早い。冬になっていた。

「何にしようか」

と、有里が言った。

「お汁粉がいいな」

「賛成！　じゃ、やっぱり駅の向うだね」

少し遠いが、甘味のおいしい店がある。その手のことには、労力をいとわない年ごろである。

踏切の方へ道を折れて、

「お祖母《ばあ》さんの壁画、完成したんでしょ？」

と、真奈が訊いた。

「え？　よく知ってるね」

「K大病院に知り合いがいるもの」

「そうか。——この間、完成披露のパーティだった」

「見たいなあ。でも、そのために病気にもなれないし」

「いつでも見られるよ。ロビーは人の出入り自由だもの。ついでのときに」

「でも、すてきだね。——自分の仕事が、そうやって形になって残っていくって、普通はないことでしょ」

「まあ……そうだね」

有里は、そんな風に考えたことがなかった。祖母が絵を描いて、それが世の中に残っていくことは、当り前のことだったからだろう。

「――病棟がオープンするのに、あと二、三週間かかるらしいから、年明けてからの方がいいかも」

と、有里は言った。「祖母に案内させるよ」

「わあ、ぜいたくだ」

と、真奈は言った。

電車が通って、踏切を渡ると、二人は甘味の店へと急いだ。

「風が冷たいね。喉《のど》をやられないようにしないと」

と、有里は言った。

「ちゃんとマフラーしてる」

「そうよ。真奈がいないと……」

二人は甘味の店に入ると、席に座るより早く、

「お汁粉二つ！」

と注文した。

二人で同時に言ったので、顔なじみの店の女の子が、

「一人二つずつですか？」

と、笑いながら訊いた。

「いいえ、一つずつで結構」

有里はコートを脱ぎ、マフラーを取った。

「ね、エリがこのところ上手《うま》くなったと思わない？」

と、真奈が言った。

「うん、同感。一生懸命やってるもの」

有里は置かれた水をぐっと飲んで、「ちょっと考えたんだけど……。エリも今度の〈クリスマス・コンサート〉に出そうか」

「あ、それ、いいね」

と、真奈は大きく肯いて、「実は私もそう言おうと思ってたんだ」

「部長に言ってみよう」

――永田《ながた》エリは〈興津《おきつ》山《やま》学園〉に転校して来た子である。

この秋、〈興津山学園〉は大きな事件に巻き込まれた。長い伝統の「負の部分」が白日の下に明らかにされ、学園のイメージは深く傷ついた。

しかし、学校とは、「教師と生徒のもの」だという根本に立ち帰り、試練をくぐり抜けようとしていた。

それには、有里の祖母、天本幸代の力も大きかった。理事会は全員が辞任。新たな面々が今、学園を立ち直らせようとしている……。

「あれ……」

店に入って来た子を見て、真奈が、「噂をすれば」

「エリ！　ここ！」

と、有里が手を振る。

「あ、いたんだ」

永田エリが嬉《うれ》しそうに言って、二人のテーブルに加わる。——かくて、〈三人汁粉の会〉になってしまった。

エリの父親、永田慎司《しんじ》は、学園を揺がしたあの事件にも深く係《かかわ》っていたが、エリのために一から出直す道を選んだ。

有里たち演劇部員は、期末テストの後、〈クリスマス・コンサート〉として、恒例の会を開く。

この特別な年だからこそ、いつもの通り開催することになったのである。

「——歌うって楽しいね」

と、お汁粉を食べながら、エリが言った。「少しずつ思うように声が出てくると、歌うのがどんどん楽しくなって来る」

「初心者は幸せだ」

と、真奈が言った。「ね、有里？」

「まあね」

そのとき——店に、ちょっと変った雰囲気の男が入って来た。

つい、三人が話をやめてそっちを見てしまったくらいだ。

タキシードに蝶《ちょう》ネクタイ。どこかのパーティの帰りか、という格好だが、甘味の店にはいささか似合わない。

しかし、そういうスタイルが決して似合っていないわけではなく、たぶん年のころは三十前後。バランスのとれた体つきで、なかなかいい男でもあった……。

その男は椅子にかけると、

「クリームアンミツ！」

と、大声で注文した。

まるで怒っているような口調だった。

有里たちは、再びお汁粉を食べ始めたが、何となく黙ってしまっていた……。

そこへ――さらに新しい客が入って来た。

「やっぱりここにいたのね」

こちらは二十歳前後の若い女性だ。しかも、タキシードとつり合う、洒落《しゃれ》たカクテルドレス……。

「どうして分ったんだ？」

と、男の方は呆気《あっけ》に取られている。

「さっき、ロケバスの中からこの店をじっと見てたじゃないの」

と、女性の方も向いの席に座ると、「何か頼まなきゃ悪いわね……。ええと……」

その目が有里たちへと向いて、

「私、お汁粉！」

と、真似することにしたらしい。

「どうせ、準備にまだ当分かかるだろ」

と、タキシードの男が言った。

「だからって、ロケ現場から抜け出したりしていいってもんじゃないわ。『その他大勢』だって大切なのよ。下手をすれば、いくらでも替りはいる」

「まあね。急いで食べるから」

「大丈夫。もし撮り始めそうになったら、私のケータイに連絡が入ることになってるの」

「へえ。誰から？ 君、マネージャーが付いてるのか？」

「まさか！ 私だって、あなたとそう変らない『無名の新人』よ」

「じゃあ……」

「助監督さんで、顔見知りの人がいるの。その人にケータイ番号、教えといた」

「さすが宇宙人！」

「その呼び方、やめて」

と、女性は口を尖《とが》らせて、「あのテレビドラマは、お面かぶってる役よ。誰も私だなんて思わない」

「でも、ギャラが出るじゃないか」

「あの役が来たのは、私が以前体操選手だったから、アクションができるって思われたのよ」

「自分でやってるんだろ？」

「ほとんどね。たまたま、寺山監督が演出したエピソードに、私が派手に空中に飛ばされるシーンがあったの。それで寺山監督が憶《おぼ》えてたのよ」

「ちゃんと役名があるじゃないか。大したもんだ」

「それって、私のこと馬鹿にしてる？」

「どうしてさ」

「役名はあるけど、一度も名を呼ばれない」

　それを聞いて男が大笑いした。

　聞いていた有里たちも思わず笑ってしまって、

「すみません」

　と、有里が言った。

「いや、おかしいよな、今の話」

「寺山健司監督の新作ですか？　沢柳布子さんのお出になる……」

　男が目を丸くして、

「よく知ってるね」

「沢柳さんに監督が出演のお願いをされたとき、近くにいたので」

「へえ……」

タキシードとカクテルドレスの方にも、甘いものが来た。

男は戸《と》河《がわ》康士《やすし》。女性は叶《かのう》岐代《みちよ》と名のった。

「じゃあ、沢柳さんが言ってた、大壁画を描いた画家のお孫さんか」

と、戸河が言った。

「天本幸代さんっていうのよ。その名前ぐらい憶えといた方がいいわ」

と、叶岐代がお汁粉を食べながら、「あちち……。おもちが熱かった！」

「その衣裳《いしょう》で、何のシーンですか？」

と、有里が訊く。

「夜会のシーンなの」

と、岐代が言った。「まだ準備中だから、どうせ夜中までかかるわ」

「本当の夜会になりますね」

「でも、そんなシーンを撮れる場所、あったっけ？」

と、真奈が言った。

「この先の古い洋館だよ」

と、戸河が言った。

「沢柳さんもみえてるんですか？」

と、有里が訊いた。

「ああ、もちろん」

と、戸河は言った。「何しろ夜会の主催者の役だからね」

「奥様のお出ましでございます」

と、召使役の役者が言って、両開きのドアが開くと、ロングドレスに身を包んだ屋敷の女主人——もちろん沢柳布子が現われる。

「さすが……」

と、有里は思わず呟《つぶや》いた。

あの病院で疲労の色を隠せずに座っていたのと同じ女性とはとても思えない。

背筋が真直ぐになり、胸を張って広間へ入って来る姿は、背が伸びたかのように見える。

女優だな……。

きっと、祖母の幸代が見たら喜ぶだろう、と思った。

「ようこそ、萩《はぎ》家の夜会へ」

と、沢柳布子はにこやかに人々を見渡して、「当家の主《あるじ》として、ご挨拶《あいさつ》申し上げます」

と言った。

言葉がはっきりと聞き取れて、声が通る。ベテランの技だ。

「はい、カット！」

と、声が響く。

監督の寺山の声だ。

「OKです」

沢柳布子がホッとした表情になる。

戸河たちについて来た有里たち三人は、この古い洋館での撮影を見物していた。

叶岐代が言っていたほど準備は手間取らず、岐代は連絡が入って、熱い汁粉を急いで食べてしまわなければならなかった。

広間といっても、それほどの広さではないので、タキシードやドレス姿のエキストラはかなりたてこんでいた。

有里は、沢柳布子が椅子にかけて休んでいるのを見ていたが——。

「何してるの?」

という声にびっくりした。

何と天本幸代が立っていたのだ。

「お祖母ちゃん!」

「あら、真奈ちゃん、エリちゃんも」

「どうしてここにいるの?」

「頼まれたからよ、この映画の美術を手伝ってくれって」

と、幸代は言った。

「へえ! 知らなかった」

「あのとき、病棟のロビーでね、沢柳さんが私に、『一緒に来て下さいな』っておっしゃって」

「そうなんだ……」

有里は幸代に連れられて、沢柳布子に挨拶に行った。

「まあ、あのときの……。見に来たの？　こんな年寄の芝居を」

「とんでもないです。貫禄《かんろく》があります」

「天本さんのお孫さんだけあって、気配りのできる子ね」

と、布子が楽しげに笑った。

有里はちょっとびっくりしていた。――沢柳布子が、あの病院で見たときとは別人のように元気そうだったからだ。

そうか。――これがスターってものなんだ、と思った。

学校で演劇部にいる有里も、少しはそういう世界を知っている。しかし、映画界でかつて大スターだった女性というのは、やはり全く違う存在に思えた。

監督の寺山がやって来た。ジーンズ姿で、この夜会のシーンでは浮いている。

「沢柳さん、どうですか？　お疲れなら、次のカット、他の日でもいいですけど」

と、寺山が訊くと、

「あなた」

と、布子が真直ぐに見返して、「あなたは監督でしょ。あなたは映画のことだけ考えてなさい。私が、もうこれ以上は無理と思ったらそう言います」

スターのプライドが、そこにあった。

「分りました」

と、寺山はちょっと困ったように、それでも嬉しそうに言った。「じゃ、広間をずっと歩いて行くのを、移動で撮ります」

「分ったわ。いつでもいいわよ」

「準備がすんだら、声をかけます」

寺山は助監督に、「おい！　移動の用意！」

と怒鳴った。

「沢柳さん」

と、やって来たのは、さっきお汁粉を食べていた叶岐代だった。「何かお飲物でもお持ちしましょうか」

「それじゃ、紅茶を。ストレートでね」

「分りました」

叶岐代は急いで人の間をかき分けて行く。

有里は岐代の後について行った。

岐代がスタッフに声をかけ、ポットに入った紅茶を、カップに入れてもらっている。

「手伝いましょうか」

と、有里が言うと、

「いいのよ。私、沢柳さんの付き人、頼まれてるの」

「そうなんですか」

「今は、沢柳さん、事務所とかに属してないでしょ。だから、マネージャーも付き人もいないので、私がその代り」

「ご苦労さまです」

「楽しいわ。あんな大スターのお世話ができるなんて」

岐代が紅茶を届けると、布子はおいしそうに飲んだ。

「――お祖母ちゃん」

有里は幸代に言った。「私、真奈たちと一緒に帰るね」

「分った。私は沢柳さんを病院に送っていくから」

「お母さんにそう言っとく」

幸代は、有里たちと、この建物の玄関まで出て来た。

「監督は、内山先生から言われてるのよ。くれぐれも沢柳さんに無理させないように、って」

と、幸代が言った。

「でも、元気そうだね」

「やっぱり張り合いがあるのよ。ただ、病気があるから、頑張る気持はあっても……」

「じゃ、行くね」

「気を付けて。もう暗いから」

すっかり夜になっている。

真奈とエリは、映画の現場が見られて喜んでいた。

「ワンカット撮るのも大変なんだね」

と、エリが感心している。

「あれ……」

真奈がふと足を止める。

道の外れ、街灯の明りが辛うじて届く辺りに、あのエキストラ、戸河が立っていた。

三人の方に背を向けて、タバコをふかしている。建物の中では喫《す》えないので、外へ出て来たのだろう。

「ああ、僕だ」

という声。

ケータイで話しているのだ。

三人はそのまま、通り過ぎようとした。

「――何だって？」

戸河が声を上げたので、有里たちは振り返った。何か、ひどくびっくりしている。

「おい、待てよ。――何を言ってるんだ？　出て行くって、お前――」

何やら深刻そうだ。三人は顔を見合せた。

「――おい、今のは誰だ？　そこに誰がいるんだ！」

戸河は怒鳴って、「そこにいろ！　すぐ帰るからな！　いいか、動くなよ！」

戸河は駆け出した。タキシード姿のまま、そこに立っている三人のことなど目に入らない様子で、走って行く。

「――どう思う？」

と、エリが言った。

「何か……奥さんに逃げられるって場面かな」

と、真奈が言う。

「でも、今から帰るったって……。間に合わないよね」

有里は、戸河の姿がたちまち見えなくなるのを見送って、「映画よりドラマチックかも……」

と言ったのだった。

2　使者

「どうせ私は使い走り、と……」

と呟《つぶや》くと、隣の席の男性が、

「何か言いました？」

と訊《き》いて来て、天本文乃はあわてて、

「いえ、何でもないんです！　ひとり言で。すみません」

別に謝らなくたっていいようなものだが、何となく文乃は、いつも「すみません」と付け加えることが多い。

地下鉄は昼間なので、空席があった。

朝夕のラッシュ時にはギュウ詰めになるのだろう。

ちょっと腕時計を見て、大丈夫と肯《うなず》いた。

用を済ませて、デパートで夕食のおかずを買っても、充分ラッシュアワーになる前に帰れる。

そう。用件といっても、この封筒を届けるだけなんだもの。どうってことないわ……。

母の幸代から、

「文乃、あんた暇でしょ。これ、出版社に届けて」

と言われて、

「忙しいのよ」

とは言ったものの、何で忙しいのか説明できない。

それでも、幸代ほどではないにしても、文乃だって結構用事はある。

　ただ、幸代が一日に三つも四つも用事があるのと違って、文乃は一日に一つ用があると「忙しい」のである。

「あ、次だわ」

　文乃は立ち上った。M出版は、次の駅で降りてすぐのはずだ。

　すると、

「失礼ですが……」

　と、隣の席の男性が言った。

「はあ？」

「もしかして、M出版へ行かれるんですか？」

　文乃はちょっと面食らって、

「どうしてそんなこと訊くんですか？」

「いや、そうでなければいいんですが。そのお持ちの封筒に〈M出版〉と書いてあるので」

　そうだった。幸代が大判の封筒の表に〈M出版　森田《もりた》様〉と書いていたのだ。

「ああ……。ええ、M出版に行くんです」

「でしたら、次の駅で降りられない方が」

「え？」

「M出版は去年引越したんです」

「そんな……」

と言いながら、文乃は思い出した。

お中元が来たとき、Ｍ出版の住所が変っていたのだ。

「そうでした！」

と、文乃が言うと、電車が停って扉が開いた。「ありがとうございます！　ここで降りてウロウロするところでした」

「いやいや」

中年の男性は文乃の手にした封筒を見て、「その字は――天本幸代さんの字ですね」

「ええ。よくお分りですね！」

「その〈森田〉というのは私の上司なんです」

「まあ！　Ｍ出版の方ですか」

「偶然ですね。何なら、私から森田へ渡しておきますが」

「はあ……。でも、一応頼まれたので、直接お渡ししたいと思います」

「でしたら、Ｍ出版までご一緒しましょう」

「助かります！　Ｍ出版って、今はどこに？」

「そう遠くはありません。あと駅二つ乗れば近くです」

もし間違って降りていたら、途方に暮れていたことだろう。

「あなたは、天本先生の秘書の方ですか？」

「いえ、あの……」

娘です、と言おうとすると、男のポケットでケータイが鳴った。

「失礼。──もしもし」

男は話しながら立って、隣の車両との連結部分まで行った。

──助かったわ、と文乃は思った。

危うく迷子になるところだ。

あと駅二つ……。

しかし、隣の男はなかなか戻って来なかった。

二つめの駅のホームへ電車が入って行くと、やっと戻って来て、

「いや、失礼！」

と、文乃に言った。「ここで降りるんです！　さあ」

「はい！」

扉が開き、降りて行く男性の後を、あわてて文乃は追って行った。

「──この森田さんという方は、どういう方ですか？」

歩きながら、文乃は訊いた。

「森田ですか？　M出版の出版部長ですよ」

「まあ、そんな偉い方なんですか」

男は笑って、

「偉いといっても、Ｍ出版自体、せいぜい五十人ほどの会社ですからね。大手出版社とは違います」

「はあ」

「天本先生とはお付合が長いので、あまり割のいい仕事とは言えないときでも引き受けて下さるんです。うちのような中小の出版社にとってはありがたい話です」

「そうですか」

考えてみれば、文乃はこの封筒の中に、何が入っているのか、よく知らない。何かの絵には違いないのだが。

「ここです」

と、男はガラス扉を押してビルの中へ入ると、「正面の受付で訊いて下されば」

「はあ。ありがとうございました」

文乃は礼を言って、男が足早にエレベーターへと向うのを見送った。

受付はビル全体を担当しているようで、

「どちらの会社にご用ですか？」

と訊かれた。

「Ｍ出版の出版部長の森田さんにお会いしたいんですが……」

Ｍ出版はビルの中の三フロアだけを使っていた。言われた通り、エレベーターで上ると、Ｍ出版の入口があり、

「天本と申しますが……」

「こちらへどうぞ」

小さな応接室へ通される。「森田はすぐ参りますので」

「どうも……」

確かに、あまり景気の良さそうな印象がない。ソファも角がすり切れて、背もたれもほとんど体を支えてはくれない。

「まあ、いいわ……」

封筒を渡せば終りだ。

待つほどもなく、応接室のドアが開いた。

「あ……」

文乃は、さっきの男が入って来るのを見て、目を丸くした。

「森田です」

と、ちょっと楽しそうな笑顔になって、「いや、失礼」

「あなたが？　——私のこと、馬鹿にしてらっしゃるんですか？」

ムッとして、文乃は言った。

「とんでもない。ただ、何となく当人ですと言いにくい流れだったので」

と、森田は名刺を出して、「出版部長の森田です」

「そうですか。——私、天本幸代の娘、天本文乃です」

今度は森田の方がびっくりする番だった。

「天本先生の娘さん？　これは失礼しました！　てっきりお使いの方かと……」

今まで、余裕で応対していた森田があわてるのを見て、文乃はおかしくて笑ってしまった。

「それこそ、おっしゃって下さればいいのに」

と、森田は言った。

「だって、どう見ても、気のきかない使い走りにしか見えないでしょ」

「そんな……。お嬢さんがおいでとは知っていましたが」

「残念ながら、『お嬢さん』じゃなくて、出戻りのおばさんですの」

「いや、参ったな」

「どうぞ、この封筒を。――確かに、ご当人にお渡ししました」

と、文乃は封筒を森田に渡すと、「じゃ、これで」

と立ち上り、応接室を出た。

エレベーターの来るのを待っていると、

「天本さん！」

と、森田が息を切らして追って来た。

「私、何か忘れ物しました？」

「お茶一つさし上げなかったので」

「そんなこと、気にしないで下さい」

「このすぐ近くに、アンミツが旨《うま》くて有名な甘味屋があるんです。甘いものはお嫌いですか？」

「いいえ、大好きです」

「じゃ、せめてアンミツ一杯、おごらせて下さい」

エレベーターの扉が開いた。もう少し早くエレベーターが来ていたら、文乃はこれきり二度と森田と会うことはなかったかもしれない。しかし実際は、一緒にエレベーターに乗り、二人でアンミツを食べたのである……。


「あ……」

有里はテレビを見ていて、朝食の手を止めた。

「どうしたの？」

トーストとハムエッグの朝食を用意して、文乃は、「テレビなんか見てないで、早く食べて。遅刻するわよ」

「でも――。ほら、お祖母《ばあ》ちゃん！」

と、幸代へ呼びかける。

「どうしたの？」

「他の男と家出した奥さんを殺したって……。ほら、この人、エキストラだった」

幸代はテレビ画面に目をやった。

「——ああ、この人ね」

幸代はすぐ思い出したようで、「でも当人は否認してる、って言ってるじゃない」

「でも、奥さんに逃げられたのはたぶん本当よ。私、真奈とエリと三人で、ちょうど見てた。この人が奥さんと電話してたんだ」

テレビはもう別のニュースに変っていた。

戸河康士。——そう、そういう名だったことは憶《おぼ》えている。

「何も殺さなくたってねえ……」

と、文乃が言った。「いやなら別れりゃ済むことなのに」

「経験者は語る」

と、有里が言った。

「何言ってるの！　早く食べなさい」

「はあい」

——急げと言われても、のんびり食べて、ちゃんといつものバスには間に合う。

途中から城所真奈が乗って来ると、「おはよう」も言わずに、

「ねえ、ニュース見た？」

「見た見た。あれだったね」

二人の話はたちまち盛り上った。

「うーん……」

内山医師は、困ったような表情で顎《あご》をなでた。

「先生……」

「いや、沢柳さん。ずっとベッドでおとなしくされているのなら、この程度の血圧でも問題ないんですよ」

と、内山は言った。「しかし、連日撮影が続いてちゃね……。今日一日は休んだ方がいいんじゃないですか」

「でも先生」

と、沢柳布子は言った。「プランができてるんです」

「――プラン？」

「ええ。今日は難しい場面なんです。私に親切にしてくれていた嫁が、実は専ら私の財産目当てだったと分って、初めは腹を立ててるんですけど、息子がその嫁を殴るのを見て、他人の世話をするってことの辛《つら》さを思い出すんです。それで我に返って、息子を叱って、嫁に感謝するってことになるんです」

「はあ……」

「どこでどう気持が変るか、セリフ一つで、自分が間違ってたと悟るって場面で。――監督からも、ここは一つの山場だと言われています」

「なるほど」

「ゆうべ、ずっと考えてました。この主人公の心持ちを。それで、やっとこれで行こうってプランが立ったんです。――先生、許可して下さい」

内山は苦笑して、

「沢柳さんの心はもうここにないようですね。監督に、くれぐれも無理させないようにと言っておきましょう」

「ありがとうございます！」

病室のドアが開いて、

「おはようございます」

と、叶岐代が入って来る。

「ああ、岐代ちゃん」

と、布子はベッドに起き上って、「今、先生のＯＫが出たところよ」

「無理やりＯＫをもぎ取られた、ってところですがね」

と、内山は言った。

「じゃ、お仕度を……」

と、岐代が言った。

内山が出て行き、布子は、

「さあ、今日はしっかりセリフを頭に入れてあるわ。監督を少し喜ばせてあげなくちゃね」

　と言うと、ベッドからゆっくりと足を下ろした。

　だが――いつもなら手早く布子の着替えを手伝いに寄ってくる岐代が、今日はぼんやり突っ立っている。

「岐代ちゃん、どうしたの？　早くしてちょうだい」

　と言われて、岐代はハッとすると、

「すみません！」

　バッグを手にしたが、持ち方が悪くて、口が開いてしまい、中のものがいくつか落ちてしまった。

「まあ、何してるの？　壊れたらどうするの！」

「すみません！」

　ところが、あわてて拾いながら、岐代は急に泣き出してしまったのだ。

　布子は呆気《あっけ》に取られて岐代を眺めていた。

「何かあったの？」

「申し訳ありません……。戸河さんのことが心配で、つい……」

「戸河？　――ああ、エキストラの？　あの人がどうしたの？」

「ご存じないんですか」

「何も聞いてないけど……。事故にでもあった？」

「いえ……。捕まったんです。奥さんを殺したと言われて」

「あらまあ……」

布子は、岐代の涙を見て、「そういうことだったの」

と呟いたのだった。

3　対話

両手を後ろに組んで、じっと壁画を眺めている姿を見て、有里は微笑んだ。

急ぎ足で近付くと、

「ご感想は？」

「やあ！」

びっくりして振り向いたのは、村上《むらかみ》良治《りょうじ》刑事だった。

「壁画をぜひ見たいって言う人が来てる、って聞いてね」

と、有里は言った。「いかが？」

「いや、君のお祖母《ばあ》様は美術史に残る巨匠だよ」

〈興津山学園〉を巡る事件で知り合った村上刑事は、四十歳になる独身男。でも何だか有里としては気楽に話のできる相手だった。

「まあね」

と、有里も肯《うなず》いて、「孫の私が言っちゃおかしいかもしれないけど、大したもんだと思うわ。しかも、すごい集中力とエネルギーで、予定よりずっと早く仕上げたのよ」

「筆の勢いを感じるよ。ここへ来た病人も、この壁画から生きる力をもらって帰るだろう」

「お祖母ちゃんに伝えるわ。きっと喜ぶ」

医療機器が搬入されるというので、二人は新しい病棟を出た。

「お茶でもどう？　最近入った抹茶のケーキ、なかなかいけるよ」

と、有里が誘うと、村上は喜んでついて来た。

「──うん、なかなか旨《うま》い」

と、村上は抹茶のケーキを食べて肯いた。「幸代さんはもう次の絵に取りかかっているの？」

「今はさすがにひと息入れてる」

有里は、女優、沢柳布子の映画出演と係《かかわ》っている祖母のことを話した。

「へえ、映画の美術？　色んなことをやられるんだね」

と、村上は感心してコーヒーを飲んでいたが、「──ね、有里君。もしかして、その映画って、出演してた男性が奥さんを……」

「そう。奥さんを殺した容疑で逮捕されたの」

「そうか……。何てったっけ、映画のタイトル？」

「〈影の円舞曲〉」

「そうか。そんなタイトルだったね」

そのタイトルが決ったのは、実はつい最近だ。ずっと〈円舞曲〉という仮のタイトルが付いていたのだが、幸代から、

「やっと決ったのよ」

と教えてもらった。

タイトルは映画そのもののイメージを作るから、全体の美術にも関連がある。

「早く決めてくれないかって、苛々《いらいら》してたのよ」

と、幸代は言っていた。

〈影の円舞曲〉か……。〈円舞曲〉は、「ワルツ」と読まずに、「えんぶきょく」と読ませるらしい。監督の寺山の好みなのだろう。

まだ若いのに、レトロな趣味があると聞いた。

「村上さん、あの事件の担当？」

と、有里は訊《き》いた。

「いや、そうじゃないけど、耳には入って来るよ」

「戸河さんって、エキストラだった。良さそうな人だったけど……」

「知ってるの？」

「ちょっと話したことある。――でも、戸河さんはやってない、って言ってるんでしょ？」

「ああ。しかし、奥さんが他の男と逃げようとしてたと言ってる。駆けつけたら、奥さんが殺されてたと」

「相手の男は？」

「それが分らないんだ。担当してる奴は、そんな男、いなかったんじゃないかと言ってたがね」

「そんなことない！　いたのよ、本当に」

有里の言葉に、村上は面食らって、

「どうして君が知ってるんだ？」

「電話してるの、聞いたんだもの」

有里は、表でタバコを喫《す》っていた戸河が、ケータイで奥さんらしき人と話しているのを耳にしたことを村上に説明した。

「そうだったのか。有里君、すまないが、今の話を担当してる奴に話してくれないか」

「ええ、もちろん。奥さんの相手が誰かは分らないけど……」

「しかし、電話してるとき、奥さんの近くに誰かがいるって言ってたんだね？」

「ええ。確か、正確には『そこに誰がいるんだ』とか言ってた。そして、カッとなった様子で駆け出してった」

「そうか……。カッとなって、ね」

「でも……戸河さんの家って、どこだったの？」

「R市の郊外だ。大分かかっただろう」

「じゃ、不自然だね。いくら奥さんが逃げようとしてるからって、人間、そんなに時間がかかったら、いくら怒ってても、冷めちゃうよ」

「うん。まあ……」

村上は曖昧《あいまい》に肯いて、「ともかく、君に連絡を取るように言うから」

「ええ、いつでも構わない」

「しかし……」

「どうかした？」

「君、ついこの間、殺人事件に係ったばかりだろ。それで、また？　――何だか、そういう巡り合せなのかな」

そう言われると、有里もそんな気がして来て、

「やっぱり……天本幸代の孫って、ちょっと普通じゃないのかもしれないね……」

と言っていた。

有里は、村上のケータイで、戸河康士の奥さんが殺された事件について、知っている

ことを担当の刑事に話した。

「――ご苦労さん」

と、村上は有里からケータイを受け取って、

「もし必要があると、署へ来て話してもらうかもしれない」

「うん、そう言ってた」

「じゃあ……。僕は仕事があるんでね」

と、村上は言って、「楽しかったよ」

「私も」

有里は、病院の玄関まで行って、村上を見送った。

「私って、おじさんが好きなのかな……」

四十になろうという村上に、さすがに恋心までは抱けなかったが、話していると気が楽で、楽しいのだ。

「それどころじゃないや」

と呟《つぶや》く。

〈クリスマス・コンサート〉があり、その前に期末テストがある！

帰って勉強。――本当は、今日の撮影が早く終る予定なので、祖母と一緒に帰ろうと思っていたのだ。

でも、ぼんやり待っていても……。

ケータイを見ると、幸代からメールが入っていた。

〈あと三十分で着く〉

着信時間から見ると、あと十分くらいで戻って来るようだ。

「じゃ、待ってよう」

ロビーをぶらついていると、

「沢柳布子さんが入院されてると聞いたんですが……」

という声が耳に入って、足を止める。

ヒョロリと背の高い、髪が真っ白になった男性。たぶん印象から見て、七十代の半ばか、もう八十近いかもしれない。

どこか垢抜《あかぬ》けた感じで、着ている上着もお洒落《しゃれ》だ。花束を手にしていた。

「そういうご質問にはお答えできないんですよ」

と、看護師が言った。

「しかし……私は古い友人で……」

「申し訳ありません。規則なので」

と、看護師は行ってしまう。

困ったように周囲を見回しているその老人を見ている内、有里は何となく「役者さん？」と思った。

自分も演劇をやっているし、プロの役者も知っているので、そういう雰囲気が分る。

その人と目が合った。

「――君、すまないが」

と、有里の方へやって来る。「もしかしてこの病院に……」

「沢柳さんですね。入院されてます」

「やっぱり！　君は知り合い？」

「多少は」

「どうなんだろう、彼女の具合は？」

「ええ……。あなたは……」

と、有里が言いかけたとき、

「まあ！」

と、声がした。

当の沢柳布子が、玄関から入って来ていたのだ。すぐ後ろに幸代と叶岐代がいた。

「布子さん！」

「あなた……和田《わだ》さん？」

「そうだよ！　会えて良かった！」

「私に会いに？」

「もちろん！　昔の仲間からあなたのことを聞いてね。――しかし、元気そうだ」

と、びっくりしている。

「新しい映画を撮ってるの」

「本当かい？　それは凄《すご》い！」

　幸代がやって来ると、

「和田京介《きょうすけ》さんですね」

　と言った。

「そうです。よくお分りで」

「分りますとも」

　幸代は有里を見て、「有里、この方は和田京介さん。沢柳さんの映画で、何度も相手役をつとめたのよ」

「スターさんだったんですね！　そんな気がしてました」

「昔の話だよ」

　と、和田京介は照れたように言った。

　布子が幸代を紹介してから、

「病室に戻らないと。先生に叱られるわ」

　と言った。「じゃあ、幸代さん」

「また明日。――岐代さん、内山先生に連絡して」

　布子について来て、荷物を持っている叶岐代が、

「はい。後は私が」

と言った。

幸代は有里を促して、

「車があるわ。帰りましょう」

と言った。

「うん。――それじゃ、失礼します」

と、有里は言ったが、布子はもう和田京介とおしゃべりしながら、エレベーターへと向っていた。

――映画のスタッフが運転する車で、幸代と有里は、よく行くレストランに向った。

「お母さんは？」

「メールしといたわ。レストランに来るでしょ」

と、幸代は言った。

「沢柳さん、嬉《うれ》しそうだったね。あの人に会って」

「そうね。――若いころ、恋人同士という噂があったのよ」

「へえ。でも、別れたの？」

「そう。あのころは今ほどスターの動向がニュースにならなかったしね。沢柳さんが忙し過ぎたのかもしれない」

と、幸代は言った。「いつの間にか、そんな噂は立ち消えになったわね」

「沢柳さんって、ずっと独身だったの？」

「若いころ、映画のプロデューサーと婚約したけど、それも彼女が一時アメリカに行ってて、それきり解消ってことになったと思うわ。それ以後はほとんどそんな話もなかった」

「さっきの人――和田っていったっけ」

「和田京介。昔のメロドラマで、二枚目役をよくやってた」

「引退したの？　名前、聞いたことない」

「そうね。三十代の半ばくらいまでは映画やテレビドラマにも出てたけど……」

幸代はちょっと首を振って、「こう言っちゃなんだけど、努力が足りなかったと思うわ。同じようなパターンの役ばかりで、一向に演技がうまくならなかったの。忘れられたのも仕方ないわね」

有里はちょっと笑って、

「お祖母ちゃんは厳しいね」

と言った。「私、役者にはならないわ。お祖母ちゃんに何て言われるか、怖いもの」

4　長い道のり

「もうおやすみにならないと」

看護師が少し厳しい口調で言った。

「やあ、すっかり長居しちゃったね」

と、和田京介は言って、「疲れてるのに、すまなかったね」

「いいえ、ちっとも！」

と、「スター」は言った。「またいらしてね！」

「ありがとう。しかし、あなたも撮影があるんだから」

和田は、布子の病室で、もう一時間も話し込んでいたのだ。

看護師が何か言いたげにしているのを感じながら、和田は、

「じゃあ、また」

と、布子に言った。

「また」のひと言に、ほんの少し力をこめた。――役者だったころ、こんなに微妙なニュアンスでセリフを言ったことはなかった、と思った。

「ええ、ぜひまたね」

と、布子はベッドに腰かけて手を振った。

「――お着替えを」

和田が出て行くと、入れ違いに叶岐代が入って来た。

「ああ、ごめんなさい、待っててくれたのね」

「付き人ですから、もちろんです」

と、岐代は言った。「あの和田さんって……」

「以前、よく共演したのよ」

「そうなんですか。私、お名前を聞いたことないみたいですけど……」

「そうね。いつの間にか、映画の世界から遠ざかってたみたい」

と、布子は言った。「今聞いた話だと、ビジネスマンに転職して、成功したそうよ。もうあの人も七十五だと思う。今は引退して悠々自適ってところでしょうね」

「そうですか。――さ、少しお眠りになった方が」

「ええ……。そう言われれば、少しくたびれたかしら」

寝衣に着替えて、布子はベッドへ入ると、じきに眠ってしまった。

内山医師が入って来ると、

「あの男の人は帰った？」

「はい、今しがた」

内山はベッドの方へやって来ると、布子の額に手を当てて、

「少し熱がある」

と言った。「ただでさえ、撮影で興奮してる。長く話し込むのは体に悪い」

「すみません」

「いや、君のせいじゃないよ。しかし――もし、今後あの男性が訪ねて来るようなこと

があったら、面会していいかどうか、まず僕に訊《き》いてくれ」

「分りました。そうします」

「血圧を測って」

と、内山は看護師に言った。「高いようなら点滴を」

「はい、先生」

――岐代は病室を出て、

「和田京介ね……」

と呟《つぶや》いた。「聞いたことないなあ」

ケータイに着信があって、岐代はあわてて廊下の突き当りの階段のところまで駆けて行った。

「――もしもし？――戸河さん？」

岐代は思わず大声を出してしまって、周囲を見回した。「――もしもし？　どうしてるの？――え？」

「釈放されたんだ」

と、戸河が言った。

「本当に？　良かった！」

「まあ、無罪放免ってわけじゃないけどね。あの天本幸代さんのお孫さんが、僕と女房が電話で話してるのを聞いてたらしくてね。それで、純江《すみえ》に男がいたのは事実だったらしいと、刑事も分ってくれたんだ」

「ともかく良かったわ！　沢柳さんを病院に送って来た」

「じゃ、もう出られる？　何か旨《うま》いものが食いたい！」

と、戸河は言った。

「分ったわ！」

岐代の声も弾んでいた。


和田京介は電車を降りた。

雨になりそうだ、と直感した。ホームを吹き抜ける風が湿っていたのだ。

冬の乾いた風ではなかった。乾いた木枯しなら、まだ良かったのに。

「早く帰らないと……」

ホームから階段を下りようとして、和田は後ろから誰かに突き当たられた。危うく階段を踏み外しそうになって、それでもとっさに手すりをつかんだので、何とか倒れずにすんだ。

振り向くと、大学生らしい若者が、スマホを見ながら、チラッと和田へ目をやった。

「君！　危いだろ」

と、和田は言った。

相手が、まず「すみません」と言ってくれると思ったのだが、何も言わないので、仕方なく自分が言ったのである。

しかし、その若者は表情一つ変えずに、

「そっちがノロノロ歩いてるからだろ」

と言うと、和田をよけて、さっさと階段を下りて行ってしまった。

和田は怒るのも忘れて、その若者を見送っていたが……。

「何て世の中だ」

と呟いて、手すりにつかまりながら階段を下り始めた。

そして、数段下りたところで、膝《ひざ》の刺すような痛みに、思わず顔をしかめて、声を上げそうになった。――この湿気に加えて、今、転びそうになるのをこらえたとき、膝に力がかかったのだ。

畜生！　こうなると……。この痛みは当分ひかない、と経験で分っていた。

「降って来たみたいよ」

追い越して行く女性の二人連れの言葉が耳に入った。和田は焦って、痛みをこらえつつ、階段を下りて行った。

改札口を出ると、吐く息が白くなる寒さで、雨は音をたてて降っていた。

タクシー乗場には空車が一台停っていたが、家まで乗れば千円ではすまない。

ともかく、軒下を辿《たど》って歩こう。

しかし、ものの五分とたたない内に、和田はすっかり濡《ぬ》れてしまっていた。こうなったら、少しでも早く家に着かなくては……。

急ぐといっても、七十五歳の足では限度がある。喘《あえ》ぐ息が白く風に流れて行く。

やっと家に着いたとき、和田は歯の根も合わず、小刻みに震えていた。

手がかじかんで、鍵《かぎ》を開けるのに手間取った。――やっと中へ入り、

「ただいま……」

と、震える声で言った。

「あなた。――遅かったのね」

玄関へ出て来た妻、伸子《のぶこ》は、「どうしたの？　真っ青よ！」

「雨で……」

「早く着替えないと！　傘を持っていかなかったの？」

「ああ……」

「風邪ひくわ！　さあ、早く脱いで。お風呂《ふろ》、たぶんまだ熱いと思うわ。すぐ入って、温まってちょうだい」

伸子にせかされるように、和田は風呂に飛び込んだ。冷え切った肌に、お湯がチリチリと刺さるようだった。

――やっと人心地がついた和田が、部屋着で茶の間に入ると、

「ご飯、まだでしょ？――こんなものしかないけど」

と、伸子が言った。

「充分だ。――生き返った」

「無茶して……。一体どこに行ってたの？」

「うん？――昔の知り合いのところだ」

和田はお茶を飲んで、息をついた。

「会ってもらえたの？」

「ああ。だからこんな時間になったんだ」

「何とか……してくれそう？」

「たぶんな。――まだその話はしていない。初めからいきなりじゃな」

伸子が口をつぐんだ。和田は漬物でご飯を少し食べると、

「何か言って来たのか、一郎《いちろう》の奴」

「夕方、電話があって……」

「どう言ってた？」

「いつもの通りよ。こっちも、いつもの返事しかできなかったわ。お父さんが知り合いを訪ねて回ってる、って……」

「そうか」

「ともかく、切羽詰ってるのは確かみたい。泣きそうになってたわ」

伸子も、気が気でないのは当然だった。――遅い一人息子。四十を過ぎて生まれた一郎を、夫婦は思い切り甘やかしてしまった。

父譲りの整った容姿の一郎は、大学生のころから、女にもてた。大学生の間に、二度、女の子を妊娠させ、両親は何とか始末に駆け回った。

大学を出ると、働きもせずぶらぶらしていたが、父親が映画でスターだったころのプロデューサーが、一郎に「プロダクションを作るので、その社長になってくれ」と、持ちかけて来た。

どう見ても怪しげな話で、和田は反対したが、一郎は耳を貸さず、家を出てしまった。

そして数年……。突然、一郎が、

「金がいるんだ！」

と泣きついて来た。

知らない内に結婚し、子供も生まれていた。

しかし、もう今の和田には、役者として稼ぐ力はない。

かつての仲間や知人を回っても、誰一人相手にはしてくれない。

そして……本当は、決してあの人にだけは頼るまい、と思っていたのだが……。

「すぐには無理だ」

と、和田は言った。「久々に会って、いきなり金を貸してくれとは言えない」

「でも、そんな人が……」

と言いかけて、仲子は、「誰なの、その人って？」

と訊いた。

和田はしばらく黙っていたが、やがてお茶をひと口飲むと、

「布子さんだ」

と言った。

「沢柳さん？　まあ……」

伸子が目を見開いて、「お元気なの？」

「入院しているが、今、新しい映画を撮ってる」

「そんなこと……。大丈夫なのかしら。もう退院できないだろうって、誰かから聞いたわ」

「ああ、血圧も高いらしいしな。しかし、やっぱりスターだ。いざカメラの前に立つと、シャンとするのさ」

「お金を貸して下さるかしら」

「頼んでみるしかない。――他にあてはないよ」

と、和田は息をついて、「お茶を注いでくれ」

「ええ……」

伸子は夫の湯呑《ゆの》み茶碗《ぢゃわん》にお茶を注ぎながら、

「あれだけのスターだったんですものね。きっと充分に貯金してらっしゃるわ」

「たぶんな」

「それに……」

と言いかけて、伸子は言葉を切ると、「もう少しご飯、食べる？」

「いや、充分だ」

和田は首を振って、「風邪をひかない内に、寝るよ」

「ええ、それがいいわ。暖くしてね」

——伸子は、夫が頼りなげな足取りで茶の間から出て行くのを見て、思った。

そうだ。言おうと思ったのだ。沢柳さんの「秘密」を、あなたは知っているんですものね、と。

「沢柳布子ね……」

と、伸子は自分の冷めたお茶を飲みながら呟いた。

その名を聞くと、伸子は今も胸に痛みを覚える。といって、布子との間に何かあった、というわけではない。

伸子もかつては女優だった。沢柳布子は七十三歳の伸子より三歳年上だが、映画界に「ニューフェイス」として入ったのは、ほとんど同時だった。

しかし、布子は当時の大監督の目にとまり、いきなり大役を任されて一気にスターになった。一見して地味な伸子は、何年も「その他大勢」の一人のままで、すっかり疲れてしまった。

沢柳布子も和田京介も、伸子から見れば雲の上の存在で、時折同じシーンに出ても、言葉さえかけられなかったのである。

三十を過ぎて、このまま女優を続けたものか、迷っているとき、思いがけず和田から食事に誘われた。

伸子はそのまま和田に抱かれて、プロポーズを夢心地の中、受け入れたのだ。

後になって、そのときすでに和田の人気が落ちつつあり、布子の次の相手役に、もっと若い新スターが選ばれていたこと、それを社長に告げられたショックで、伸子に声をかけたことを知った……。

しかし、それはそれでいい、と受け止めた。女優の道を諦《あきら》め、主婦に徹することは、伸子に安らぎと満足感を与えてくれたのだ。

「――もういいわ」

と、伸子は呟いて激しく頭を振った。

もう忘れよう。今は、布子が一郎のためのお金を都合してくれるかどうか、それだけを考えよう……。

伸子は立ち上って、食器を台所へ運ぶと、流しに立って洗った。

そして、一人、ふっと笑った。

ある監督から、

「君は台所が似合うね」

と言われたことを思い出したのだ。

そう。茶碗を洗う演技なら誰にも負けないわ……。

5　女の顔

「ごめんなさいね、こんなことになって」

と、沢柳布子はベッドから監督の寺山に言った。

「いや、そんなこと」

寺山は首を振って、「こちらこそ、無理の言い通しですからね。ゆっくり休んで下さい」

と言った。

「今日一日休めば大丈夫だと思うのよ」

「いや、そこはお医者さんに従いましょう。後で沢柳さんの体調にひびくかもしれませんから」

寺山は、布子の手を取って、「ともかく、撮影の方はご心配なく。沢柳さんの出番のないシーンを集中して撮りますから」

「悪いわね、本当に」

「とんでもない。あんまりお邪魔してもお疲れになるでしょうから」

寺山は微笑んで、「じゃ、お大事に」

「連絡するわ。もう大丈夫となったら」

「お待ちしていますよ」

寺山は、静かに病室を出て行った。

病室の隅で話を聞いていた叶岐代は、ベッドの方へ寄って、

「いかがですか？」

と訊《き》いた。

「ええ。こうやって横になってる分には、どうってことないのよ」

と、布子は言った。

「でも血圧がひどく高くなってるようですから。安静になさってて下さい」

「そうね、早く良くならないと……。私は映画の世界に長いからよく分るの。撮影が何かで一日止ったら、どれくらいのお金が飛んで行くか。今はどこもぎりぎりの予算でやってるでしょ。監督はああ言ってるけど、大変なはずよ」

「でも、沢柳さんのお体が第一ですよ」

「まあ……途中で死んじゃったら、それこそ困るでしょうからね」

「そんなことおっしゃらないで下さい」

と、岐代は顔をしかめた。

「ごめんなさい。冗談よ」

と、布子は笑った。

「ああ、つい懐しくってね。でも、和田さんのせいにしないで。別にあの人は悪くないのよ」

「昨日みえた和田さんって方と、長話しされてたのがいけない、って先生が」

看護師が顔を出して、

「ちょっと」

と、岐代に声をかけた。

「はい」

廊下へ出ると、少し先で、天本幸代と有里が立っていた。

「――天本さん、わざわざ」

「寝込まれたって聞いて。いかが?」

「ええ、内山先生から、三日間は安静にと言われてます」

「そう。今、監督の寺山さんにも会ったけど……」

「ご当人は元気で、一日休めば大丈夫、なんておっしゃってるんですけど」

「ここはお医者さんの言うことを聞かないと」

「はい、私も用心しています。今夜は病室に泊ろうかと思ってるんです」

「そうしてあげてちょうだい。その方が安心だわ」

「はい。――あ、有里さん、戸河さんのこと、ありがとう」

と、岐代は言った。

「え？」

有里は戸惑ったが、岐代から戸河が釈放されたことを聞くと、「――そうですか。良かったですね」

「ええ。早く本当の犯人が捕まってほしいわ」

と、岐代は祈るように言った。

「岐代さん、戸河さんの殺された奥さんを知ってたの？」

と、幸代が訊いた。

岐代はちょっと迷った様子で、

「あの……ええ、会ったことはあります。でも、挨拶《あいさつ》しただけで、話はしませんでした」

と言った。

「そう」

幸代は肯《うなず》いて、「どうってことじゃないの。訊いてみただけ」

と言った。

「じゃ、沢柳さんの顔を見て帰ろうかしらね」

「私、ここにいる」

と、有里は言った。「よろしく言って」

「いいわ」

幸代は、岐代と二人、病室へ入って行った。

有里が廊下の端で立っていると、

「――君」

という声がして振り向く。

「ああ、監督さん」

寺山が立っていたのだ。さっき、下で会っていたので、帰ったのかと思っていた。

「沢柳さんにご用ですか？」

「いや、君に、ちょっとね」

「私？」

「天本幸代さんのお孫さんというだけじゃなくて、君のこと、気になってたんだ」

「私が何か……」

「どうだろう」

と、寺山は言った。「今撮ってる映画にちょっと出てみないか？」

「は……」

さすがに有里も絶句した。

「だめですよ、そんな」

と、文乃が言った。「あんた、まだ十六なのよ。学校が第一でしょ」

「分ってるよ」

と、有里は夕食をとりながら、「出るなんて言ってない。ただ、寺山さんにそう言われたってだけ」

有里も演劇部員で、実際に舞台に出たこともある。映画の世界も、多少は知っている。

「――話題作りでしょうね」

と、幸代が言った。「沢柳さんが、完全に復帰できればいいけど、出演シーンを減らさなきゃいけないこともあり得るわ。新人の女の子を出すのは、その穴を埋めることになる」

「でも、沢柳さんの出演シーンはもう半分以上撮ったって言ってたよ」

「言い換えれば、半分近く残ってるってことでしょ」

「まあね――」

「何とかするわよ、監督とシナリオライターが」

自宅で三人揃って夕食をとるのは珍しい。

「試験勉強しないと」

と、有里は言った。

「そうよ。落第なんてみっともないこと、やめてね」

と、文乃が言った。

むろん冗談である。有里は「秀才」とまでいかなくても、そこそこの成績は取っていた。

「――でも、誰なのかしらね」

と、幸代が言った。

「何の話？」

と、文乃が食事の手を止める。

「戸河さんの奥さんの恋人よ。どうして逃げちゃったのか……」

「その男が殺人犯じゃないの？」

と、文乃が言うと、

「奥さんは家を出て行くと言ってたのよ。そこにいたのなら、当然一緒に出て行くつもりだったでしょう。亭主が怒って駆けつけて来るにしても、たっぷり一時間はかかる。家を出る余裕は充分あったはずだわ」

と、幸代は言った。「それとも、奥さんの方だけが、恋人と一緒に行けると思い込んでいたのか……」

「男が、『そんなつもりじゃなかった』って言い出して、争いに？」

「あり得るわね。でも、殺すほどのことじゃないでしょう。――まあ、私たちには関係ないことだけど」

「そうよ」

と、文乃は眉《まゆ》をひそめて、「お願いだから、もう物騒なことに首を突っ込まないで」

ケータイの鳴る音がした。

「私のだ」

有里は食卓を離れて、居間のテーブルに置いてあった自分のケータイを手に取った。

「村上さんだ。――もしもし」

「やあ。夜分にごめん」

と、村上刑事は言った。

「別に構わない。何か？」

「殺された戸河純江さんなんだが」

「それが何か？」

「彼女のケータイにね、君のお母さんのケータイ番号が登録してあった」

と、村上は言った。

「あんた」

と、文乃は有里をにらんで、「私がその女の人を殺したとでも思ってるの？」

「まさか」

と、有里は眉をひそめて、「そんなこと、考えるわけないじゃない」

「文乃も、自分の娘相手にむきにならないの」

と、幸代が言った。

「どうせ私は……」

つい、口ぐせになっている。

「ただ、戸河純江さんって人、知ってるのか訊いただけよ」

と、有里は言った。「その人のケータイにお母さんの番号が登録してあったって」

「ちょっと待ってよ」

文乃は自分のケータイを取って来ると、「名前、何だっけ？」

「戸河純江」

「ええと……。〈とがわ〉ね？　――これかしら」

「見せて。――そう、〈戸河純江〉。じゃ知り合い？」

「憶《おぼ》えてないわね。何だっけ？」

と、文乃はしばらく考え込んでいたが、「どこかで知り合ったのね、きっと。この人、何してた人？」

「ちょっと待って」

「何してた、って……」

文乃はケータイに入っているメッセージを見ていった。「――これだ！」

「お母さん……」

「思い出した。私が以前通ってたカルチャースクールの人だわ」

「一緒に習ってたってこと？」

「そうじゃなくて、カルチャーの事務局で働いてた。窓口でフランス語の教室の空きがあるかどうか訊いたの。ちょうど新しい学期が始まるところだったんで、『空きがあるかどうか、分り次第連絡します』って言ってくれて」

「お母さん、フランス語なんていつ習ったの？」

「いいでしょ、いつだって」

文乃がいやな顔をしたのは、たぶん習いに行って、続かなかったからだろうと有里は思ったが、ここは追及しないことにした。

「じゃ、戸河純江さんは……」

「〈Kカルチャースクール〉ね。Kテレビがやってる」

「いつごろの話？」

「一年くらい前かしら。その後も、他の教室や講演会のことで、連絡してたわ」

と、文乃は色々思い出して来たようで、「うん、そうだわ。あそこのティールームでお茶したこともある」

「それでも忘れてたの？」

「だって……。名前じゃなくて、『カルチャーの人』って憶えてるからね」

「それは分るわね」

と、幸代が言った。「私も、出版社の名前しか憶えてない人がいるわ。顔は分ってもね」

「あの人が殺されたの？　可哀そうに」

と、文乃は言った。「感じのいい人だったのよ。だから一緒にお茶飲んだりしたんだし……」

「分った。じゃ、村上さんにそう言っとくよ」

「私は犯人じゃありません、って言っといてね」

「分ってるよ、そんなこと」

と、有里は苦笑した。「ともかくご飯、食べちゃおう」

しばらくは静かな食卓が続いた。

そして、茶碗《ちゃわん》に残ったご飯にお茶をかけると、文乃が突然、

「講師の人と噂になってた」

と言い出した。

「——何の話？」

「さっきのカルチャーの彼女。あそこに教えに来てた講師の男性と……。他の事務の子が話してたわ」

と、文乃は言った。「お茶漬して、思い出した」

「何でお茶漬？」

「あのカルチャーの入ってるビルの地下が食堂街になっててね、そこにお茶漬屋さんがあるの。昼休みはOLさんで一杯になるのよ。そこで、講師の男性とお茶漬食べてたって」

「その講師って、何ていう人？」

「憶えてないわよ、そこまで」

と、文乃は肩をすくめた。

「パンフレット、持ってるでしょ」

と、幸代が言った。「見れば思い出すんじゃない？」

「でも、去年の話よ」

「あんたは二、三年前のパンフレットも、その辺に積んどくじゃないの。どこかにあるわよ、きっと」

そして、幸代は正しかったのである。

「ああ、たぶんこの人だわ」

と、パンフレットをめくっていた文乃が言った。

「どれ？」

と、有里が覗《のぞ》き込む。

文乃が指していたのは、〈フラメンコギター〉の教室の講師だった。

「ギターの先生？　何か、ちょっとキザだね」

と、有里は言った。「ええと……〈ホセ・滝口《たきぐち》〉？　本名じゃないね、きっと」

「フラメンコだから、スペイン風にしたんでしょ」

と、文乃は言った。「よく真っ赤なシャツとか着て、気取って歩いてたわ」

「分った。連絡先はカルチャーに訊けば分るね」

有里はメモを取ると、「村上さんに知らせとく」

「でも、有里。その人が殺された戸河純江って人の恋人だったかどうか、知らないわよ。前のことだし。――私が知らせて、その人が犯人扱いされたら……」

「大丈夫。村上さんはそんないい加減な人じゃないよ」

と、有里は言った。「ちゃんと念を押しとくから」

「そうしてね。後で恨まれてもいやだから」

文乃は、一度心配し始めると、どんどん不安になって来て、「ね、ちゃんとカルチャーの人にも訊いてよ。私は噂を耳にしただけで……」

と、しつこく有里に言った。

「はいはい」

有里はさっさと自分の部屋へ行ってしまった。文乃は口を尖《とが》らせて、

「親のこと、馬鹿にして……」

と、文句を言いつつお茶を飲んで、熱さに目をむいた……。

6 焦り

「今日はお会いになれません」

と、叶岐代は言った。

花束を手にした和田京介は、ちょっと表情をこわばらせたが、すぐ笑顔に戻って、

「別に外出しようってわけじゃない。一昨日《おととい》も会ってくれたじゃないか」

「先生から言われてるんです。面会はどなたでもお断りするようにと」

と、岐代は言った。「お引き取り下さい」

「しかし……一昨日、あんなに元気だったから。なに、ほんの数分でいいんだ」

「先生にきつく言われていますので」

と、岐代はくり返した。「お引き取り下さい」

「君は沢柳さんのためと思ってるかもしれないが、僕を追い返したと分ったら、彼女に叱られるよ。五、六分くらいどうってことはないじゃないか」

岐代はキッとなって、

「一昨日、あなたが帰られてから、沢柳さんは熱が出て、血圧も上ってしまったんです。映画の撮影も、三日間はストップがかかったんですよ。絶対にお会いにはなれません。帰って下さい」

和田は、言い返せなかった。——とてもだめだ。

しかし、どうしたらいいだろう。

「分ったよ」

と、何とか笑みを浮かべて、「そんなに怖い顔をしなくても……。じゃ、今日は帰るか」

和田は、仕方なくエレベーターの方へと戻って行った。

エレベーターのボタンを押す前に、チラッと振り返ってみると、あの女がじっとこちらを見ているのが目に入った。ちゃんと帰るか見ているのだ。

仕方ない……。

和田はエレベーターに乗って一階へと下りて行った。

そして一般外来の待合室に入ると、空いたベンチに腰をおろす。

「帰れないんだ……」

と、自分に言い聞かせるように呟《つぶや》く。「帰るわけにいかないんだ……」

何としても、沢柳布子に会って、金を都合してもらわなくては……。

そうだ。――待とう。

あの女だって、一日中ああして病室の前に立っているわけではあるまい。食事にも行くだろう。

うまく目を盗んで、病室へ入れれば……。

しかし、あのフロアに行けば、当然誰かの目につく。どうやって、誰もいないことを確かめるか……。

ケータイが鳴った。和田はあわてて立ち上った。花束を取り落としたが、そのまま急いで外へ出る。

「――もしもし」

「あなた？　どうだった？」

伸子からだ。「沢柳さん、都合してくれるって？」

和田は返事できなかった。

「もしもし？　聞こえる？」

と、伸子が続けて、「さっきも一郎から電話があったの。お金ができないと、死ぬしかないって言ってたわ」

そこまで追い詰められているのか……。

和田は深く息をついて、

「大丈夫だ。貸してくれると言ってくれたよ」

「本当？」

伸子の声がパッと明るくなった。「良かったわ！　じゃ、すぐ一郎にそう伝えるわ。大喜びするわよ」

「ああ、そうだな」

「じゃ、沢柳さんにくれぐれもよろしく申し上げてね。息子の命の恩人なんだから」

伸子の声は興奮で上ずっていた。

「ああ、分ってる」

和田がそう言うと、すぐに伸子は通話を切った。

和田はしばらく手にしたケータイをじっと見つめて立っていた。

何とかして……。何としてでも、沢柳布子に会わなくては。

和田は自分に何度もそう言い聞かせた……。


何だか、ずいぶん写真と違うじゃない。

有里は、喫茶店に入って来た男を見て、まずそう思った。

母、文乃が通っていた〈Kカルチャースクール〉のギター講師、ホセ・滝口である。

もちろん、有里が呼び出したわけではない。

「滝口さんですね」

と立ち上ったのは、村上刑事。

有里は、強引に村上について来て、ホセ・滝口と待ち合せたこの喫茶店で、隣のテーブルについていた。

入って来たのは、確かにあの写真の男には違いないが、写真では髪がフサフサしていたのに、実物は大分禿《は》げ上って、細身だった体もお腹が出ている。

要するに、パンフレットに使っていたのが古い写真だったのだろう。

「何のご用ですか？」

と、滝口は落ち着かない様子で言った。「警察の方のご用とは……」

「二、三お伺いしたいことがありまして」

と、村上が言った。

ともかく、コーヒーが来て、滝口は一口飲むと、

「僕は授業があるんですよ」

「承知しています。――戸河純江さんのことについてお伺いしたいんですが」

滝口は表情をこわばらせて、

「何だって言うんです？　彼女は僕の生徒になっていました。でも続かなくて、二か月ほどで辞めてしまいました」

と、早口に言って、「それだけですよ。他には何もありません」

まくし立てるような、その口調自体が、「何かある」と語っていた。

「戸河純江さんと、個人的にお付合されていましたね？」

と、村上が訊《き》くと、

「付合だなんて……。誤解されるような言い方はやめて下さい！」

と、むきになる。「そりゃ、レッスンの後で、二人でお茶を飲んだりしたこともあります。でも、何も特別なことはありません」

「戸河純江さんが殺されたことはご存じですね？」

「ニュースで見ました。びっくりしましたよ。でも、それと僕とどういう関係が？」

「純江さんは、殺されたとき、ご主人との電話で、誰か付合っている男性と一緒にいたらしいことが分っているんです」

「それが僕だとでも？　冗談じゃない！」

「純江さんとのお付合は続いていなかったんですか？」

「言ったじゃありませんか。特別な付合はないと」

「そうですか。しかし、この〈Kカルチャースクール〉近くで、お二人が一緒のところを見かけている人が何人もいるんですがね」

これは村上のはったりだろう、と有里は聞いていて思った。

しかし、滝口は黙ってしまった。

あまり否定して、後で嘘とばれたら、却《かえ》って疑われると思ったのだろう。

「ところで、ご本名は滝口卓士。〈たかし〉とお読みするんですか？」

「そうです。〈ホセ〉は、スペインで習っていたギターの先生がつけてくれた名です」

「ほう！ スペインで。本格的ですね」

「フラメンコの魂はスペインに行かなきゃ身につきませんよ」

と、滝口は少し得意気に言った。

「そうでしょうね」

村上は微笑んで、「授業があるということでしたね。ではまた改めてお伺いすることに——」

また呼び出されてはかなわないと思ったのか、滝口は、

「確かに、戸河純江さんとは、お付合していました」

と認めた。

「いつごろのことです？」

「一年前ぐらいかな。——レッスンは一対一ですからね、つい話が弾むと……」

「分ります」

「まあ……男女の関係になったのも事実です。でも、会ったのは三回……四回かな。半年も続きませんでした」

「別れたのはどちらから？」

「両方ですね。僕も、そういつもホテル代や食事代が出せるわけじゃない。女房もいますしね。純江さんも、そう余裕があるとはいえなかった。——あのカルチャーの事務で、それも正社員じゃなかったし」

「なるほど」

「お互い、家で会うわけにもいきませんしね。——連絡を取ることもなくなり、しばらくして、電話があったので、『もうやめよう』と言ったんです。向うもすぐ納得しました」

滝口はそう話して、「本当です！　殺されたと知ったときはびっくりして……」

「純江さんがその後誰と付合っていたか、お聞きになったことは……」

「ありません」

と、滝口は即座に答えた。「もういいでしょう。生徒を待たせると、すぐ苦情が来るんでね」

「分りました。お忙しいところ、どうも」

村上が言い終らない内に、滝口は足早に店を出て行った。

「――お疲れさま」

と、有里は村上のテーブルに移って、「パッとしない人ね」

「まあ、嘘はついてないかもしれない。あの男と、戸河純江さんが家を出ようとしていたとは考えにくいね」

「私もごめんだな」

「しかし、誰かがいた。純江さんの同僚だった女性に訊いてみることにしてるんだ」

「それって当りかも」

と、有里は言って、「私の印象だけど……」

「聞かせてくれよ」

「あの滝口って人、何か怯《おび》えてるみたいだった」

村上がちょっと目を見開いて、

「実は僕もそう思った。あの男は何かを恐れてる」

「あ、気が合うね。女子高校生と気が合って嬉《うれ》しい？」

有里の言葉に、村上は何とも答えられなかった……。

「滝口さん」

〈Kカルチャースクール〉の受付にいる、小《お》野《の》寺《でら》法子《のりこ》が、ホセ・滝口に声をかけた。

「ああ、何だい？」

滝口は、生徒のレッスンを終えたところだった。

「ええと……朝井《あさい》さんから、退会届が出てます」

「辞める？　この前、そんなこと言ってなかったぞ」

「昨日、こちらにお電話があって」

と、小野寺法子は言った。「ご両親の面倒をみるので、引越すんですって」

「そうか……」

本当かどうか。――滝口だけでなく、事務員の方もそう思っている。

今、こういうカルチャーを辞めるとき、一番多い理由は、「親の介護」なのだ。そう言われると、引きとめるわけにもいかない。

滝口はちょっと顔をしかめた。

「仕方ないな。まあ、あの人はなかなか上達しなかったしね」

滝口がレッスン室に戻ろうとすると、

「滝口さん」

と、小野寺法子が呼び止めて、「これ、さっきお電話が」

と、メモを渡した。

「ありがとう。――え？　安原《やすはら》先生から？」

「何かお話があるんですって」

「そうか」

もう今日はレッスンもない。

滝口は帰り仕度をして、ギターをケースにしまうと、

「じゃ、また来週にね」

と、受付の小野寺法子へ声をかけた。

「お疲れさま」

と、法子は返して、滝口がエレベーターへと姿を消すのを見送った。

「――これで生徒、二人になっちゃった」

と、法子は呟いて、「滝口さん、風前の灯《ともしび》ね」

最低三人の生徒がいないと、教室が失くなってしまうのだ。

「そうそう」

法子は時計を見た。――村上って刑事さんから、「会いたい」と連絡があった。

一緒に働いていた、戸河純江が誰かに殺されるという事件が起ったのだ。

「何の話かしら……」

もちろん、純江のことを、色々聞きたいのだろう。

だが、法子の関心は「本物の刑事に会う」ことの方にあった。テレビドラマでは年中見ているが、本当にあんな感じなのかしら？

もちろん、本物に会うのは初めてだ。

法子は刑事に会って、純江のことをどう話すか、その肝心なことをほとんど忘れていた……。

「先生、ごぶさたしております」

と、滝口は深々と一礼した。

「うん……」

いつものことながら、安原は返事にもなっていないような唸《うな》り声を出した。

ギター界の大御所、安原広貴《ひろき》ともなると、待ち合せもその辺の喫茶店ではなく、一流ホテルのバーである。

「お体の方はいかがですか」

と、滝口は訊いた。

「まあまあだ」

前会ったときより一段と太って見える安原は、どう見ても体調がいいとは思えなかった。

それでも、もちろん滝口は、

「お元気そうですね。お顔につやがあります」

と言ったのである。

安原は七十前、ギター界の大物だったが、一度脳梗塞《こうそく》で倒れてから、指が思うように回らず、コンサート活動は「休止」状態のままだった。

それでもギターの世界に対しては隠然たる力を持っている。滝口は若いころ安原に習ったことがあり、スペイン留学も安原の口ききによるものだった。

滝口はウイスキーを飲みながら、

「先生、何か僕にお話が？」

と訊いた。

安原は自分ではウーロン茶を飲んでいた。アルコールは医師に止められているのだ。

「うん……」

安原はちょっと眉《まゆ》を上げると、「今のカルチャーの仕事は終りだ」

と言った。

「終り……といいますと」

「生徒がいなくなったら、当り前のことだ」

と、安原は言った。「次の年度から、大石《おおいし》が受け持つ」

「はあ……」

大石はまだ三十そこその若いギタリストだ。顔立ちが整っていて、ＣＭなどにも出ている。大石が安原のお気に入りなのは知っていた。

「ですが、先生、次の学期では新しい生徒が入ってくるかも……」

「無理だろう」

と、安原はアッサリと言った。「大体、お前はコンクールでの優勝もないし、リサイタルもここ何年か開いていない。知名度がなければ、素人はやって来ん」

「それは……。でも、ちょうど友人とのデュオのリサイタルを企画していて……」

と言いかけたが、詳しいことを訊かれたら却って困る。「あの……僕も生活がかかってまして。フラメンコは、弾く場所が限られているので……」

「もっと努力しろ」

と、安原は言った。「若いのが次々に出てくる。追い抜かれるのは当り前だ」

「先生……」

つい、口を挟んでいた。「ご存じですか。あのカルチャーにいた戸河純江が殺されたこと」

「何の話だ」

安原が滝口をにらむように見た。

「〈Kカルチャー〉の事務にいた戸河純江です。先生も憶《おぼ》えてらっしゃるでしょう。いつか一緒に飲んだことがあります」

「憶えとらんな」

と、目をそらす。

「じゃ、息子さんに訊いてみて下さい。彼女のことに詳しいはずです」

滝口は、今さらやめるわけにいかなくなっていた。

「真人《まさと》が何だというんだ？」

「相談されました。『女のことで、困ってるんだ』と電話があって。女というのは戸河純江のことだったんです。彼女は殺されました。僕の所に刑事が来て、色々訊いて行きましたよ。でも、もちろん真人君のことは口にしませんでしたが」

「お前は真人が、その事件に何か係《かかわ》ってると言うのか」

「それは分りません。でも警察は、彼女が夫に隠れて付合っていた男を捜しています」

――長い沈黙があった。

安原が紙ナプキンを取って、唇を拭《ぬぐ》った。

7　命の問題

「先生、お出かけですか？」

と、看護師が訊《き》いている。

「ああ、十分くらいで戻るよ」

と、診察室から出て来た医師は上着を着ながら、「〈N製薬〉の奴が来たら、待たせといてくれ」

「はい」

せかせかと行ってしまう医師の後ろ姿を見送って、看護師は、

「三十分は戻らないわね」

と呟《つぶや》いた。「――一時間かな」

その医師が、元患者だった女性と待ち合せていることは、誰もが知っていた。

噂では、この病院から歩いて五分の所に小さなアパートを借りていて、そこでこっそり会っているという。

医師は妻子持ちだし、相手も人妻である。

「よくやるわよね……」

と、首を振って、看護師は急いで行ってしまう。

廊下の長椅子に座っていた和田京介は、立ち上るとその診察室のドアをそっと開けた。

中には誰もいない。

入口近くのコート掛けに、脱いだ白衣が掛かっていた。

和田はその白衣を取ると、廊下へ出た。

急いで化粧室へ行き、白衣をはおった。――鏡の中を見る。

「なかなか似合うぞ」

と、少しおどけて言った。

白衣さえ着ていれば、どこを歩いていても、怪しまれることはないだろう。これだけ

の大病院だ。

「堂々と。――そうだ、医者らしく」

元は役者である。「医者らしく見せる」ことは得意だった。

和田は廊下へ出ると、全くおどおどすることなく平然と歩いて行った。

問題は――あの沢柳布子に付いている若い女だ。

あの女は和田の顔をしっかりと憶《おぼ》えている。

「――そうか」

和田は急いで売店へ行って、マスクを買った。――これで顔が隠れる。

よし、行くぞ……。

のんびりしてはいられない。一郎のためだ。息子の命がかかっているのだ。

エレベーターの扉が開く。――あの女の姿は廊下になかった。

どこかへ行っているのか、それとも病室の中にいるのか……。

和田はさりげない足取りで、布子の病室の方へと歩いて行った。

ナースステーションの前を通る。看護師がチラッと和田を見たが、それだけだった。

よし、大丈夫だ。

久々に、あたかもカメラの前に立っているかのような気がした。――そうだ。きっと何もかもうまく行く。

そのとき、布子の病室のドアが開いて、あの若い女が出て来た。和田はハッとしたが、マスクをしているから、気付かれることはないだろうと自分へ言い聞かせて、そのまま歩いて行った。

女がナースステーションの方へと足早に向って、和田とすれ違った。――女は和田に気付かなかった。そして、ちょっと会釈さえしたのである。

和田はそのまま布子の病室の前を通り過ぎて、少し行ってから振り返った。

あの女が看護師に、

「ちょっと取って来るものがあるので、車まで行って来ます」

と、声をかけ、エレベーターへと急ぐ。

チャンスだ！　和田は女がエレベーターに乗って、扉が閉るのを確かめると、急いで布子の病室へと入って行った。

「どうしたの？」

と、ベッドから布子が言った。「何か忘れもの？」

あの女が戻って来たかと思ったのだろう。

しかし、頭をめぐらせて、白衣の姿を見ると、

「あら、すみません。てっきり岐代ちゃんかと……」

和田がマスクを外すと、布子は目を見開いて、

「まあ、和田さん。――どうしたの、その格好？」

「具合が悪いのに、すまない」

と、和田はベッドのそばに寄って、「面会しちゃいけないと言われてるんだが、どうしてもあなたに頼みたいことがあって……」

「まあ、私に？　何かしら。ともかく、岐代ちゃんが戻ったらお茶でも――」

「時間がない。お願いだ、布子さん」

和田は頭を下げて、「金を貸してくれ！」

布子は呆然《ぼうぜん》として、

「お金？」

「困ってるんだ。いや、息子が金に困って、追い詰められてる。借金が返せないと自殺しなきゃならないんだ。お願いだ、布子さん。他に誰も頼めない。誰も相手にしてくれないんだ。あなただけが頼りなんだ」

一気に言って、和田は床に膝《ひざ》をつくと、「こんなこと、頼めた義理じゃないことは承知だが、どうしようもない。息子を見殺しにはできない。――どうかお願いだ」

と、頭を下げる。

「和田さん……。よして。顔を上げて」

「布子さん……。面目ない。こんな情けない奴だと思わなかっただろう。何と思われても仕方ない。ともかく――息子の命を救いたいんだ。たった一人の息子なんだ」

いつの間にか、和田は泣いていた。

演技の涙ではなかった。今の自分の惨めさと、追い詰められた思いが、涙になっていた。

「和田さん……」

布子は深く息をつくと、「私も……そうお金があるわけじゃないのよ。その……息子さんを助けるのに、いくらいるの？」

「一千万。どうしてもそれだけないと……」

「一千万円？　――それは大金ね」

「恥ずかしいよ。こんな風に、あなたを困らせるなんて……」

「困ってることは分るわ。ただ……お金の出し入れは、自分じゃできないのよ。人に頼んでやってもらってるから……」

「差し当り、二百万か三百万でも、何とかならないだろうか。今すぐ一千万、全額でなくても……」

「そうねえ……。少し考えさせて。あなたの役に立ちたいとは思うけど……」

「すまない。しかし、長く待っていられないんだ。息子は追い詰められてる。何とか……お願いだ！」

布子はじっと和田を見ていたが、

「――分ったわ。ともかく二百万円か三百万円、数日の内に用意しましょう」

「ありがとう！」

和田は布子の手を握って、額に押し当てた。

「そんなこと……。映画じゃないのよ」

と、布子は苦笑した。

「じゃ……行くよ。見付かると怒られる」

「ええ……それじゃ……」

「二、三日したらまた来る。――布子さん、すまない」

和田は立ち上ると、マスクをして、急いで病室を出た。

エレベーターに向おうとして、もしかするとあの岐代とかいう女が戻ってくるかもしれない、と思った。

階段で下りよう。せっかくうまく布子と会えたのだ。慎重に……。

しかし、階段へと向う和田の姿を、ちょうどエレベーターを出た岐代が目にとめていた。

逃げるように階段へと急ぐ白衣の姿を見て、岐代はハッとした。

さっき、病室を出た所ですれ違った白衣の男。マスクをしていて、顔が分らなかったが、もしかして……。

岐代は駆け出した。

そして、階段を下りて行く白衣の姿に、

「和田さん！」

と呼びかけた。

ハッと上を見上げたのは、間違いなく和田だった。

「どういうつもりですか！」

岐代は階段を駆け下りた。「会ったんですね、沢柳さんに！」

「話さなきゃならないことがあったんだ」

「お医者様が禁じてるんですよ！　こんな格好して！」

岐代は和田の顔からマスクをはぎ取った。

「何をするんだ！」

「許しません！　一緒に来て下さい！」

岐代は、和田の腕をつかんで階段を上って行った。

「おい！　よせ！　放してくれ！」

女とはいえ、若い岐代の力は、老いた和田を上回っていた。「痛いじゃないか！　乱暴するな！」

「何が乱暴ですか！　面会謝絶の病人にこっそり会う方が乱暴でしょ！」

「これには事情があるんだ。君なんかに分るもんか！」

「警察にそう言って下さい」

「何だって？」

「その白衣、どこかから盗んで来たんでしょ。医者のふりをしたりして！　ともかく警察を呼んでもらいます」

「やめてくれ！」

和田も必死だった。階段を上ったところで、何とか岐代の手を振り放そうとした。

「逃がしませんよ！」

岐代としては、布子を守らなくてはいけなかったのに、和田が会うのを許してしまったことを悔んでいた。それが和田への怒りになったのだ。

「こいつ！　何をする！」

和田は、力一杯身体をひねって、岐代を階段の方へ押しやった。岐代が足を踏み外して、あわてて手すりをつかもうとした。

しかし、間に合わなかった。

指先が手すりをかすめて、岐代は階段を一気に転り落ちて行った。

和田はよろけて、膝をついた。——そして、踊り場に落ちて動かなくなった岐代を、呆然と見下ろしていた。

「こんな……こんなことが……」

無意識に、そう呟いていた。

やっと立ち上ると、階段を下りて行く。

どうしたんだ？——気絶してるのか。

そうだろう。たったこれくらいの階段を落ちて、まさか……。

「おい。——大丈夫か」

と、和田は言った。「そっちがいけないんだぞ。警察を呼ぶなんて言い出して……。俺が何をしたって言うんだ？　ただ、入院してる知り合いに会ったというだけじゃないか。そうだろう？　それをお前が大げさに……」

――聞いていない。

死んだ？　本当に死んだのか？

和田は恐る恐る身をかがめて、岐代の手首をつかんだ。――脈は感じられなかった。

しかし、和田はそれほどショックを受けていなかった。

むろん、殺す気などなかったのだし、この女が勝手に階段から落ちただけだ。それに、この年寄を乱暴に扱って、下手をすれば和田の方が階段を落ちていたかもしれない。

そうだ。俺は悪くない。

「これでいいんだ……」

死んでくれたおかげで、自分が沢柳布子に会ったことも、人に知られずにすむ。ともかく、一郎の命を救わなくてはならないのだ。

和田は岐代を見下ろして、

「悪く思うなよ」

と言うと、階段を下りて行った。

一階で白衣を脱いで屑入《くずい》れに押し込んだ。

病院を出て、やはり興奮していたのだろう、足早に歩いて、気が付くとバス停の二つ分くらいも来てしまっていた。

ケータイが鳴った。伸子からだ。

「あなた？　どこにいるの？」

「病院を出たところさ。また彼女とつい話し込んでね」

「それで、具体的なことは……」

「ああ、数日中に三百万。一千万も何とかすると言ってくれたよ」

「まあ！　良かったわ！　さっきね、一郎に電話して、話したわ。泣いて喜んでた」

「そうか。良かった」

「じゃ、もう一度詳しいことを話しておくわ」

「そうしてくれ。これから帰る」

「今夜はゆっくり食事できるわね。沢柳さんのおかげだわ。私からもお礼を――」

「いや、その必要はない。俺だけで充分だよ。それに、お金の話を他の人間に聞かれたくないと言っていた」

「そうでしょうね。分ったわ」

「ああ、バスが来た。じゃ、切るよ」

和田はバスに乗り込んで、空席を見付けて座った。

そして……やっと、何が起ったのかをはっきり理解した。

それでもなお、「俺のせいじゃない」と、自分に向って言い続けていたのだが……。

8　白衣とマスク

「内山先生」

と、声をかけたのは、天本有里だった。

「やあ、来てたのか」

内山医師は微笑んで、「二人？」

「祖母も来ます」

と、有里は言った。「どうですか、沢柳さんの具合？」

「うん、今日は大分落ちついている。しかし、やはりもう一日休んだ方がいいだろう」

ナースステーションに立ち寄った内山医師に、エレベーターを出てやって来た幸代が手を振った。

「面会しても大丈夫ですよ」

と、内山は言った。「血圧、大分下ってるし」

「良かったわ。でも、現場は布子さん、三日間お休みということで調整しているから」

「それがいい。三日休めば、ずいぶん違いますよ」

「じゃ、ちょっとお顔を拝見して行こうかしら。有里も来るでしょ？」

「うん。挨拶《あいさつ》するだけね」

と、有里は幸代について行きかけて、内山の方を振り向くと、「一昨日《おととい》の和田さんって人、面会に来ました？」

と訊《き》いた。

「いや、僕は聞いてないが……」

内山が看護師を見る。

「今日はどなたもみえてません」

「そうか。あの男性は問題だな」

「大丈夫です。あの岐代さんがしっかり見張ってますよ」

という看護師の言葉に、有里は安堵《あんど》した。

祖母と二人、沢柳布子の病室へと入って行く。

「岐代ちゃん？」

と、布子は言って、入口の方へ顔を向けると、「あら、わざわざ」

「ずいぶんいいようですね。良かったわ」

と、幸代が言った。「監督の寺山さんが、ちゃんとスケジュールを調整したので、安心して休んで下さいって」

「まあ、申し訳ないわ」

「いいんですよ。布子さんがお元気で出演されなかったら、あの映画は成り立たないんですもの」

「じゃあ、しっかり治さないとね。責任重大だわ」

と、布子はちょっと笑った。

そして、

「廊下に岐代ちゃん、いませんでした？」

と訊いた。「さっき、おつかいを頼んだんですけど……」

「見かけませんでしたね。捜してみましょうか」

「いえ、いいんです。あの子も若いのに、本当によく働いてくれて……」

「布子さんを尊敬しているんですよ」

「そうでしょうか。――私は、ただの女優ですよ。以前はスターだったけど、もう今じゃ憶《おぼ》えてる人の方が少ない……」

「そんなことないですよ」

と、有里が言った。「私たちだって、沢柳さんのこと、よく知ってます」

「ありがとう」

と、布子は微笑んで、「あなたは普通の高校生じゃないわね。映画に出てみない？」

「おだてないで下さい」

と、幸代が言った。「寺山さんにも、そんなこと言われて、ちょっと得意になってるんです」

「さすがだわ。あの人は見る目がある」

と、布子が言ったとき、病室のドアが開いて、

「失礼します」

と、看護師がひどくあわてた様子で入って来た。「沢柳さん、ここに詰めていた叶岐代さんが……」

声が上ずっていた。ただごとではない。

「どうしたんですか、岐代さん？」

と、有里が訊くと、

「あの……そこの階段を落ちたらしくて」

「まあ」

布子は起き上ると、「けがは――ひどいんですか？」

看護師が言いにくそうに、

「亡くなりました」

と答えた。

「そんなこと……」

布子が愕然《がくぜん》として、「ついさっき用を言いつけて……」

「布子さん、寝ていて下さい」

と、幸代が言った。「私たちが様子を見て来ます」

「お願いします」

と、布子は言った。「何てことでしょ。あの子が……」


「——これは」

と、幸代が言った。「警察へ連絡しないと」

「そうですね」

と、看護師は肯《うなず》いた。

「お祖母《ばあ》ちゃん……」

「ただ転落したとは思えないわ。エレベーターを使わないで階段を使うのも不自然だし」

「何か握ってる」

と、有里が言った。「ほら、右手に……」

「本当だ」

幸代はそっと岐代の右手を取って、「——マスクだわ」

岐代の右手が、マスクをギュッと固く握りしめていた。

「岐代さんはマスクをしてました？」

と、幸代が看護師に訊いた。

「いえ、見たことありませんね」

「お祖母ちゃん、きっと誰かのマスクをはぎ取って握りしめてたんだよ」

と、有里は言った。

「そのようね。――誰かに突き落とされたのかもしれない」

「きっとそうだよ」

「ともかく……後は警察の人に任せましょう」

「私、村上さんに知らせる」

「それがいいわね」

このまま手を付けないようにと看護師に言っておいて、二人は階段を上って行った。

――叶岐代の家族への連絡などは、映画のエキストラを扱う事務所に頼むことになった。

幸代は、内山医師に警察が来たら相手をしてくれるように頼んだ。

沢柳布子は岐代の死の状況に、

「どうしてそんなことが……」

と、呆然《ぼうぜん》としていた。

「誰か、岐代さんの代りを頼みましょう。布子さんは、身体を休めて下さい」

むろんショックは大きいだろうが、今はどうすることもできない。

「――岐代さんはよくやってましたね」

と、有里は言った。

「ええ、本当に。――可哀そうに。まさか……」

そう言ったきり、布子は目を閉じた。

――幸代と有里は、廊下へ出て、

「お祖母ちゃん。訊かないの？」

「訊くって……」

「分ってるでしょ。あの男の人よ。和田京介。――岐代さんはあの人が会いに来るのを警戒していたはずだわ」

「看護師さんは見てないと――」

と言いかけて、「そうね。マスクが……」

「きっと、顔を見られないようにマスクをしてたんだわ。岐代さんがそれに気付いた」

「でも、和田さんに、そこまでする理由があったのかしら。――調べてみるしかないわね」

そこへ、ベテランの看護師が急ぎ足でやって来た。

「申し訳ありません。午前中の勤務の者が、沢柳さんに会いに、あの和田という男の人が来ていたと」

「やっぱり！」

と、有里が言った。

「岐代さんが頑として会わせなかったので、諦《あきら》めて帰ったそうですけど。押し問答していたのを、若い子が一人、聞いていました」

「押し問答するほど、和田さんはしつこく――」

「ええ、何とか数分でも、と粘っていたらしいです」

「よほどの用事があったのね」

幸代はため息をついて、「布子さんに訊かなきゃいけないわね」

「村上さんが来てからでも……」

「そうしましょう。布子さんの具合が悪くなっては……」

しかし、有里は確信していた。和田が布子に会いに来たのだ。

そして、岐代に見付かり、あの階段の所でもみ合った。

そして――何があったのか。

有里は、あの叶岐代がどうして死ななければならなかったのか、考えるだけで怒りがこみ上げて来た。

あんなに献身的に沢柳布子の「付き人」として尽くしていたのに。――そして、あの戸河のことを心配していた。

「許さない！」

と、有里は思わず口に出していた。「絶対に許さないから！」

「この白衣が」

と、村上刑事がしわくちゃになった白衣を手にして言った。「一階の屑入《くずい》れから見付かりました」

沢柳布子は沈黙していた。

村上はビニール袋に入れたマスクを見せて、

「亡くなった叶岐代さんは、このマスクを握りしめていました。白衣とマスク。――ナースステーションの看護師が、白衣をはおってマスクをした男が前を通ったのを見ています。おそらくそれは、あなたに会いに来た和田京介だったんでしょう。違いますか？」

幸代はハラハラしていた。――ただでさえ疲労のたまっている布子である。岐代の死というショックでどうなるか、予想できなかった。

しばらくして、布子が口を開いた。

「岐代ちゃんは、殺されたんですか？」

「それは分りません」

と、村上は言った。「ただ、和田京介が係《かかわ》っていたことは間違いないと思っています」

「そうですか……」

布子の目に涙が光っていた。

「お話しいただけますか」

と、村上は続けて、「和田はあなたに会いに来ましたか？」

布子は小さく肯いた。――ホッとした空気が、病室に流れた。

「和田はどんな用件で？」

と、村上が訊くと、布子はちょっと辛《つら》そうに目を閉じて、

「お金を……貸してくれと言いました」

「金に困ってのことだったんですね」

「息子さんが、とても困っているそうで……。借金を返せないと死ぬしかない、とか……」

布子はため息をついて、「あの人は息子を甘やかし過ぎていると……。昔のスタッフから聞いたことがあります。遅くできた一人っ子で……」

「そうですか。――その話だけして帰ったんですか？」

「ええ……。あの人も可哀そうでした。昔はスターだったのに、床に膝《ひざ》をついて、頭を下げて……」

声が震えた。

「村上さん」

と、幸代が言った。「もういいでしょう。後は和田から聞けば」

「そうですね。――沢柳さん、ありがとうございました」

「いえ……。刑事さん」

「何か？」

「和田さんも、悪気はなかったんです。きっとそうです」

「ええ。分ります」

村上は肯いた。「では……」

村上と幸代、有里の三人は布子の病室を出た。廊下で待っていた看護師に、

「済みましたから、内山先生に来ていただいて下さい」

と、幸代が頼んだ。

「すぐ連絡します」

「よろしくお願いします」

看護師が行ってしまうと、

「早速、和田の家へ行ってみましょう」

と、村上が言った。

「逮捕するの？」

「いや、まだそこまでは……。任意同行してもらって、話次第で逮捕することになるだろう」

「岐代さんがこんなことに……」

と、有里が言った。

「お金を貸してくれだなんて。布子さんだって、老後のためのお金しか持っていないはずよ」

と、幸代は言った。「泣きついて、布子さんを苦しめて。ひどいことだわ」

村上が立ち去ると、幸代は、

「布子さんの体調が心配だわ。内山先生と話してから、寺山監督に報告しないと」

「うん。じゃ、先に帰ってるよ」

「文乃に、色々説明しといてね」

「分った」

――有里が病院を出ると、ちょうど駆けつけて来たのは戸河だった。

「戸河さん……」

「本当かい？　叶君が死んだと……」

「うん」

戸河が目を伏せて、

「そうか……。間違いだったらいいと思って来たんだが……」

と、呻《うめ》くように言った。

「気の毒だったわ」

「階段から落ちたって……。誰かに突き落とされたのかも、って聞いたが、本当に？」

「それはまだ」

と、有里は首を振って、「警察が調べてくれるわ」

「君のおかげで、僕は釈放されて出て来た。叶君は僕のことを、ずいぶん心配してくれていた……」

「奥さんが付合ってた相手って、分ったんですか」

「いや……。よく知らないんだ。勤めてた〈Kカルチャー〉に来てた講師がどうとか……」

戸河はそう言って、「じゃ、叶君に会えないのかな」

「さあ……」

有里は首を振った。

そして、急ぎ足で病院の中へ入って行く戸河を見送ったのだった……。

9　袋小路

ケータイが鳴ったとき、和田京介はテレビを見ながらウトウトしていた。

「うん？　――何だ？」

居間のテーブルで、和田のケータイが鳴っていた。一郎からだ。

「――一郎か」

「父さん。母さんから聞いたよ。ありがとう！　助かったよ」

一郎は明るい声で言った。「今、家にいるの？」

「ああ。もう夜だぞ。出かけやしない」

「母さんは？」

「今、風呂《ふろ》だ。何か用か」

「ちょっと――話があるんだ。出て来てくれないかな」

「いいが……。どこへだ？」

「五分ぐらいの所にスナックがあるだろ。〈P〉っていう」

「ああ、知ってる」

「今、そこにいるんだ」

「だったら、家へ来ればいいじゃないか」

「父さんとだけ話したいんだよ。男同士でさ」

一郎の口調に、和田は不安を覚えた。昔から、こういう風に話を持って来るときには、ろくなことがない。

しかし、はねつけるわけにもいかなかった。

「分った。今出るよ」

「頼むよ。寒いからね、暖かくして来て」

変なところで気をつかう奴だ、と和田は苦笑した。

伸子に声をかけて行こうかと思ったが、浴室からは派手なシャワーの音がしている。大方、髪を洗っているのだろう。これでは何も聞こえまい。

和田はコートをはおって、家を出た。

風が冷たい。スナックまでの五分も遠かった。

やれやれ。――スナックの扉を押して入ると、奥のテーブルで一郎が手を振った。

和田はつい笑ってしまった。

何かあれば泣きついてくるのに、会えばケロリとして笑っている。

「――ごめんよ、呼び出して」

と、一郎は言った。

借金に追われて死ぬ、と言っていた割には、ちっともやつれた感じがない。

こいつの方が、俺よりよほど上手の役者だな、と和田は思った。

「コーラをくれ」

と、注文しておいて、「何だ、一体？」

「金のこと、ありがとう」

「布子さんに礼を言うんだな」

「聞いたよ。あの沢柳布子なんだね」

「ああ。俺に何の義理もないのに、快く貸してくれると言った。ありがたいことだ」

「彼女の方だって、父さんのことが忘れられないんだよ。昔はいい仲だったんだろ？」

和田は苦笑して、

「そんなことはどうでもいい。話ってのは何だ？」

「うん、父さんに会わせとこうと思って」

と、一郎は言って、「おい」

声をかけたのは、カウンターの席にいた女性だった。

グラスを手に、和田たちの席へやって来ると、一郎の隣に座った。

「この子、礼美《れみ》っていうんだ」

と、一郎は言って、彼女の肩を抱いた。

「浅井《あさい》礼美です」

どう見ても、まだ二十二、三だろう。――和田には一目見て分った。一郎の好みのタイプの可愛い娘だ。

「色々あってさ」

一郎はアッサリと言った。「この子、お腹に俺の子がいるんだ。放《ほ》っとけないじゃないか」

和田は呆《あき》れるしかなかった。

「お前、それで金がいると――」

「いや、そうじゃないよ。それはそれで本当のことさ」

と、一郎は言った。「でも、礼美には何の責任もないからね。そうだろ？――大丈夫、親父は女性にやさしいから」

「よろしくお願いします」

礼美という子は、和田に微笑みかけて、小さく頭を下げた。

全く……。何て奴だ！

しかし、この娘の前で一郎を怒鳴りつけるわけにいかなかった。

「どうするんだ」

と、和田は言った。「病院へ連れて行けって言うのか？」

「あの……一郎さんは、産んでいいと言ってくれてるんです」

と、礼美は言った。「私も産みたいと思ってるんで」

「しかし……」

「女房は今、実家に帰ってるんだ。借金でゴタゴタしてるところを見せたくないからね」

「それで……」

「この子にアパートを探してやってくれないかな。俺はとてもそんな時間ないし」

「アパート？」

「うん、とりあえず礼美が一人で住めるだけでいいんだ。この近くなら、そう高くないだろ、家賃？」

「さあ……。いくらぐらいか知らないな」

「頼むよ。今月一杯で、今いる部屋を出なきゃいけないんだ。大した荷物はないから、身軽だよ」

「お前……」

「何なら、家に置いてやってくれてもいいよ。少しの間なら」

「そんなことができるわけないだろう！」

つい、声が大きくなって、和田はスナックの中をあわてて見回した。「——母さんがそんなこと、許すわけがないじゃないか」

「それじゃ、どこかいいアパート見付けてよ。とりあえず、入居費用は頼むよ。家賃は二、三か月したら俺が払うようにするから」

いつもの一郎のやり方だ。とてもできそうもないことを、わざと持ち出して、「無理だ」と言われると、「それならこうしてくれ」と、元々の狙いを押し付けてくるのだ。

昔から、こいつはこんな風だった。——分ってはいても、そんな風に育てたのは自分だと思うと、和田は諦《あきら》めるしかなかった……。

「分った」

と、和田はため息をつきながら、「どこか探してみよう」

「ありがとう！　さすが父さんだ。きっとやってくれると思ってたよ」

調子のいい奴だ、全く。

「じゃあ、もう行くよ」

と、一郎は言った。「礼美、よく憶《おぼ》えとけよ、親父の顔」

「ええ。私、お年寄の顔はふしぎと憶えるの」

「こう見えても、昔は二枚目のスターだったんだぜ。——じゃ、父さん。例の金のことで、二、三日したら電話するよ」

「ああ」

「行こう」

と、一郎は礼美を促して、「ああ、払いはいいよ。親父が出してくれるさ」

「ごちそうさまです」

何も言わない内に、さっさと出て行ってしまう二人を呆れながら見送って、和田は、

「親の苦労も知らんで……」

と呟《つぶや》いた。

コーラを一口飲んだが、少しもおいしく感じられない。

支払いをして、スナックを出ると、風の冷たさに首をすぼめる。

ポケットに入れたケータイが鳴った。伸子からだ。

「――ああ、俺だ。ちょっと一郎が会いたいと言って来たんでな。――何だって？」

「警察の方がみえてるのよ。あなたに訊《き》きたいことがあるって」

伸子は声をひそめていた。

「そうか」

「何かあったの？　病院でのこと、っておっしゃってるわ」

「いや、何もない。あるもんか。今、帰るところだ。五、六分で帰る」

そう言って切ると、和田は考え込んだ。

刑事か。——やはり病院にいたのを、誰かに見られていたのだろうか。

それとも、初めに行ったとき、あの女と押し問答していたせいで、やって来たのか。

和田は、伸子から知らされたので、あくまで平静を装って帰宅できた。

「あの布子さんの世話をしていた子が？　それはまあ……。とんだことでしたね」

と、和田京介は目を見開いて言った。「いや、今日も面会に行ったら、頑として会わせてくれなくて。少々ムッとしましたが、あの子はあの子で、布子さんのことを考えてるんだと思って、感心していたんですよ。階段から落ちて？　何があるか分りませんね」

村上刑事は、和田京介のあまりに自然な様子に舌を巻いた。

さすがにかつて役者だっただけのことはある。——出かけていて、おそらく妻から刑事が来ていると知らされたのだろうが、それにしても、沢柳布子の話を聞いていなかったら、信用してしまったかもしれない。

「すると、今日は沢柳さんとお会いにならなかったのですね？」

「ええ。僕のせいで具合が悪くなったなんてことになれば、こっちも心配ですからね」

「そうですか。いや、それならいいんですが」

と、村上は言った。「もしかすると、叶岐代さんは誰かに突き落とされたのかもしれないのです」

「それはとんでもないことで……。まさか、僕がやったとでも？」

「いや、念のためにお話を伺いたいと思っただけです」

村上はそう言って、「夜分に失礼しました」

「ご苦労さまです。――ともかく気の毒なことでしたね」

玄関まで見送りに出て、和田はていねいに頭を下げた。

――村上は、あえて今、和田を逮捕しようとしなかった。

妻もいる。逃亡する心配はない。沢柳布子に金を貸してくれと頼んだことを、まだ警察に知られていないと思っている。

そう思わせておこう。

村上は、あの叶岐代が握りしめていたマスクが、動かぬ証拠になると見ていた。鑑識が調べれば、和田のしていたマスクだと立証できるだろう。

そして沢柳布子の所に、借金のことでまた話をしに来るに違いない。

そこを突けば、和田もとても演技している余裕はなくなるだろう。

村上は、和田の逃げ場がないように追い詰めるつもりだったのである。

幸代のケータイが鳴った。

「あら」

と、幸代はケータイを手に取って、「布子さんからだわ」

もう夜十一時になろうとしていた。

「具合でも悪くなったんでなきゃいいけど。――はい、天本でございます」

と、幸代は言った。「――今日は大変でしたね。お疲れでしょう。――は？」

幸代はちょっと面食らった。

「監督さんに伝えていただきたいの」

と、沢柳布子は言った。「明日から現場に戻ります、と」

「でも……」

「岐代ちゃんのことはショックでした」

と、布子は続けて、「それに、和田さんがあんな風に私に頼みごとをして来たことも」

「そうでしょうね」

「でもね、だからこそカメラの前に立って、いやなことを忘れたいの。役者にとっては、本番の緊張感こそが一番の薬だってこと。そう伝えて下さいな」

「布子さん……。分りました。そこまで心を決めておられるのなら、お止めしません」

「私、今の映画を撮り終るまでは死にませんよ」

「結構ですね！」

と、幸代は笑顔になった。「確かに、監督にお伝えします」

「よろしく」

布子の言葉ははっきりしていた。

幸代はすぐに寺山監督に電話して、布子の話を伝えた。

「分りました。早速、助監督を叩《たた》き起こして明日の準備をさせますよ」

寺山の声も弾んでいた。

幸代の話を聞いていた有里は、

「凄《すご》いね。プロだなあ」

と、感心して言った。「私の方には村上さんから連絡があったよ」

「あら。どうなったって？」

有里は村上の考えを説明して、

「和田って人も、息子のせいで、あんなひどいことして。——でも、そう育てたのは自分だものね」

「そう。子供をどう育てるか、その結果は、親だけの問題じゃないのよ。孫や知人や、そして世間にも迷惑をかける。——親っていうのは大変な仕事なの」

「私もいつか親になるのかなあ」

「でしょ？」

「でも、そんな面倒なことになるのなら、子供なくてもいいや」

「何言ってるの」

と、幸代は苦笑した。「それより、このところ文乃が少しおかしくない？」

「お母さんが？」

「何だか、もの思いに耽《ふけ》ってることが多いみたい」

「気が付かなかったけど……」

「もしかしたら、文乃、恋をしてるのかもしれないわね」

「え？」

有里が目を丸くした。

10　影の女

「え？　これって……」

手もとに来たファックスを見て、小野寺法子は思わずそう言っていた。

〈Kカルチャースクール〉の受付事務をしている小野寺法子は、席を立って、

「課長」

と、上司の席へ行った。「今、このファックスが来たんですけど」

「何だ？」

まだ四十二歳だというのに、気苦労のせいか、頭の毛がすっかり薄くなってしまった課長は、面倒くさそうに目を上げた。

「〈フラメンコギター〉です。滝口さんの所に新しい生徒さんが三人も入って来るって、

本当なんですか？」

「そう書いてあるんだろ」

と、課長はぶっきらぼうに言った。

「ええ。でも――講師、あの若い大石さんって人に替るって聞いてましたけど」

「何か都合があるんだろ。滝口さんが来期もやる」

「へえ……。がっかりだな。大石さんって、私、ファンなんで」

課長は苦笑して、

「俺だって、今度の目玉にしようと思ってた。しかし、安原先生が『滝口にやらせろ』と言って来たんだ」

「安原先生って、あの大ボスですか」

「おい、ギャングじゃないぞ。それを言うなら、『大御所』と呼べ」

「あ、そういう言葉がありましたね」

と、法子は呑気《のんき》に、「でも、この間、安原先生、滝口さんを呼び出してましたよ。あれ、絶対クビだって話だったと思います。あの後滝口さん、凄《すご》く不機嫌でしたもん」

「気が変ったんだろ。その三人は、安原先生が回して来たんだ」

「そうなんだ……」

――席に戻りながら、法子は、「何かおかしいわね」と思っていた。

滝口は生徒が二人まで減って、当然外されるはずだった。それなのに……。

昼休みは生徒が出入りするので、十一時半に昼食に出る。——法子は、いつものコーヒーショップでパンとコーヒーをとりながら、ケータイを取り出した。

「——もしもし」

「村上です」

「刑事さん？　私、〈Kカルチャー〉の小野寺法子です」

「やあ、この間はどうも」

「あの——ちょっとお話が……。今、大丈夫ですか？」

「滝口さんのことですか？」

「滝口さんも係《かかわ》ってることです。何だかちょっと妙で……」

「待って下さい。では伺いますよ。何時なら？」

「そうですか？　じゃ、三時ごろに」

法子は村上のことが気に入っていた。

本物の刑事に初めて会うときは緊張した。怖くて、「嘘をつくと承知しないぞ！」と脅されるんじゃないか、なんて考えたりしていたのだが、少なくとも、村上刑事は全くそんな人ではなかった。

言葉づかいも態度も、ていねいで穏やか。そして、二枚目とは言えないにせよ、見た目も悪くなかった。

心配していたほど難しいことは訊《き》かれなかった。ただ、殺された戸河純江について、

「同僚として、何か聞いていなかったか」

という点が話のポイントだった。

法子は、戸河純江がホセ・滝口と付合っていたことは知っていたが、何といっても、純江としては「不倫」していた、ということになるのだから、いくら同僚とはいえ、法子にそう詳しいことは話してくれていなかった。

結局、法子は村上刑事の役に立ったとは言えなかったのだが、余計な雑談の中で、村上が独身だということを、ちゃんと聞き出していたのだ……。

「安原広貴。——ええ、知ってますよ」

と、村上は言った。「ギターの世界では有名な人でしょう」

「ええ、『大御所』なんです」

と、法子は早速課長の言葉を利用した。「フラメンコでない、普通のクラシックギターの教室も、講師は安原先生が選んでるんです」

「そうですか」

村上は感心したように肯《うなず》いた。

午後三時過ぎ、〈Kカルチャー〉近くの喫茶店で、法子は村上と会っていた。

「でも、安原先生、数年前に病気で倒れて」

と、法子は言った。「今は思うように指が動かないので、ギターは弾けないんです」

「それは初耳だ。確かに、演奏会の話は聞きませんね」

「公には言ってないみたいです。でも、相変らず力はあるんですよ、その世界で」

「なるほど」

「それで、気になったんです」

と、法子は座り直して、滝口が一旦《いったん》はクビになりかけたのに、安原のひと声で講師を続けることになったいきさつを話した。

「――なるほど」

村上はコーヒーを飲みながら、「その話には、何か裏がありそうですね」

「そうでしょ？　不自然ですよ、絶対」

「つまり、可能性としては……」

「滝口さん、安原先生にうまく取り入ったってことでしょう。それでね、村上さん」

と、法子はわざと親しげに呼びかけた。「今日、お会いしたかったのは、思い出したことがあったからなんです」

「ほう？」

「安原先生には息子さんがいます。たぶん――二十七、八かしら。ギターをやってたそうですけど、父親ほど才能がなかったんでしょうね。やめちゃって、今は音楽プロデューサーとか称してますけど、実際はほとんど遊んで暮してるらしいです」

「なるほど」

「確か、真人さんっていったと思います」

法子は紙ナプキンにボールペンで〈真人〉と書いた。「滝口さんが、いつかグチを言ってたことがあります。『ああいう親がいると、人生、楽だよな』って。――真人さん、ときどき滝口さんを誘って飲みに行ったりしてたみたいです」

「そのことが……」

「ええ。――滝口さん、『あいつは女好きだからな』って言ってました。真人さんって、見たところ、ちょっとニヒルでいい男なんですよ。あ、古いですね、ニヒルなんて」

と、法子は笑って、「それで――いつだったか、まだ付合ってたころの純江さんと一緒に、滝口さん、安原さん親子と食事に行ったんです」

「つまり、そこで――」

「その後、間もなく、滝口さんは純江さんと別れたんです。はっきり言って、振られたんですけどね」

「それが、安原真人のせいだと……」

「私も、そう断言するほどは知りません。でも、純江さんは少なくとも真人さんのことを気に入ってました」

「何か話したんですか？」

「直接じゃありませんけど、純江さんが仕事中にこっそりケータイで連絡していることが多くなりました。もちろん相手が誰だったかは分りません。でも滝口さんでないことは確かです」

「もし、安原真人が、純江さんと付合っていたとしたら……」

村上はゆっくり肯いて、「今回の講師を巡る謎も解けるということですね」

「もちろん、これ、私の想像ですけど」

「いや、貴重な情報ですよ」

「そうでしょうか」

法子はちょっとワクワクした。で、村上から、

「お礼に今度食事でもどうですか?」

と誘われる——かと思ったが、そううまくはいかなかった。

しかし、村上は、

「早速その安原真人について、当ってみることにしましょう」

と言ってくれた。

そして、コーヒー代も払ってくれたのである。法子はかなり満足だった。

しかし——もし、「もっと役に立つ情報」を手に入れることができたら……。

法子は、滝口をうまく誘って、しゃべらせてやろう、と思った。滝口のことなら、法子もよく分っている。

そして、戸河純江との付合についても聞いていたのだから、法子が滝口から話を聞き出そうとしても不自然じゃない。

〈Kカルチャー〉に戻りながら、法子はすっかり村上の助手気分だった。

村上が、もし法子の気持を知っていたら、

「危いことに首を突っ込むのはおやめなさい」

と言っていただろう……。


もう、今日〈アンミツ〉は三つめだった。

さすがに恥ずかしいので、三つめは違う店に入ったが、文乃は、

「私、何してるんだろ」

と呟《つぶや》いていた。

買物に駅前のショッピングモールへ出かけて来ている。

一旦出かけて来ると、昼ご飯を挟んで、映画を見たり、小物の店を渡り歩いたり、一日フラフラして夕方帰るのはいつものこと。

でも、アンミツばかり三杯も食べるというのは……。

むろん、文乃自身は分っていた。アンミツを食べると、思い出すのだ。

あのM出版の森田和男《かずお》のことを。

別に、どうという付合ではない。でも、母幸代の絵を届けたとき、帰り際、森田が甘いものの有名な店に誘ってくれて……。

文乃は、アンミツ一杯で一時間半も森田とおしゃべりしていたのである。

森田は、文乃の話を面白がって聞いてくれた。――それはそうだろう。M出版にとって大切な天本幸代の娘なのだから。

でも、それだけではないように、文乃には思えた。

森田の方も、文乃に自分のこと、家族のこと――つまり彼には妻子がいるということなのだが――を色々話してくれた。

上が男の子で大学一年生。下が女の子で、有里と同じ高校一年生。――文乃は、有里に知られたら怒られそうだが、「同い年」の娘のことで森田と盛り上った。

他にも――森田の妻は編集者で、以前パーティで幸代に挨拶《あいさつ》したことがある……。

今、子供たちに手がかからなくなって、森田の妻はフリーの編集者として働いている。旅行雑誌の記事を書いているので、よく仕事で家を空けているという。

「こちらも仕事柄、帰りが遅いのでね」

と、森田は言った。「ほとんど外食ですね、週末以外は」

そして、

「今度、一度お食事でもどうですか」

と言ってくれたのは、ただの社交辞令だったのかもしれない。

でも、文乃は何だかどぎまぎしてしまった。――そして胸がときめいたのである。

「私、何してんだろ。いい年齢《とし》して……」

三杯めのアンミツを前に、文乃は呟いた。

　アンミツを食べると、森田のことを思い出す。そして、森田から「食事の誘い」の電話がかかって来そうな気がするのである。

「馬鹿みたい……」

　女学生じゃあるまいし。

　今度のアンミツは前の二杯より甘みが抑えてあって、食べやすかった。

「私、アンミツ評論家になれるわね」

　と、文乃は呟いた。

　すると——ケータイが鳴った。

　取り出して、文乃はドキッとした。——正に、森田からかかって来ていたのである。

「ここでどうだい？」

　と、和田京介は言った。

「ええ、私一人で住むんだから、充分」

　と、アパートの一室で中を見回して、浅井礼美は言った。

「じゃ、早速手続きしよう」

　と、和田は言って、「いつ越して来る？」

「明日にでも。大した荷物、ありませんから」

「そうか」

和田は肯いて、「じゃ、ここの管理人に話して、どこで契約したらいいか、訊いてみよう」

「お願いします」

安アパートとはいえ、何か月分かの敷金などは取られる。

今の和田には、容易でない出費である。しかし、一旦引き受けた以上、この女の子を放り出すわけにいかない。

「――ごめんなさい」

と、空っぽの畳の部屋で、浅井礼美が言った。

「うん？　何だね？」

「内心、怒ってるんでしょ？　私が息子さんのこと、誘惑したって」

和田は笑って、

「どっちが誘ったか知らんが、一郎の奴だって、もう大人だ。自分のしてることぐらい、分ってるさ」

「そう言ってもらえると……」

「しかし――」

と、和田は振り向いた。「あいつが君のために何かしてくれるとは思わん方がいい。一郎はそういう奴だ」

「お父様は全然違うのに……」

「どうかな。——二枚目と言われていい気になってた時期もある。俺の責任もあるんだ」

和田が、礼美を促して出て行こうとする。

「待って」

礼美が突然後ろから和田に抱きついた。和田がびっくりして、

「おい……」

「このままでいさせて下さい」

と、礼美は囁《ささや》くような声で言った。「動かないで……」

和田は背中に若々しい胸のふくらみが押し当てられるのを感じていた……。


「いや、遅くなるのは一向に構わないんですよ」

と、森田は言った。「編集者は、勤務時間など、あってもないのと同じです」

そう堅苦しくはないが、ちょっと洒落《しゃれ》たレストランで、文乃はM出版の森田と食事していた。むろん、誘ったのは森田の方である。

文乃の胸は久々にときめいた。

といって、文乃も十代の少女ではない。

ここの代金は、ちゃんと半分払おう、などと、つい考えているのだった。

「お話を伺っていると、お嬢さんはなかなか活動的な方のようですね」

と、森田は言った。

「私を飛び越えて、母に似たんですわ」

と、文乃は言った。「何しろうちでは、私だけが平凡で……」

どうしても、母、幸代の話か、娘の有里の話になってしまう。

「いや、そんなことはありませんよ」

「気をつかって下さらなくても。うちにも鏡ぐらいありますわ」

「そんな……。とても魅力的ですよ。でなければ、こうしてお誘いしません」

お世辞と分っていても嬉《うれ》しい。何しろ、家で何かほめられるということはめったにない。

「ところで……」

と、森田がデザートを食べながら言った。「文乃さんは、旅行などなさらないんですか?」

え? 文乃はちょっとドキッとした。——この人、私を旅行に誘うつもりかしら?

まさか家族旅行について来いとは言わないだろう。二人で温泉にでも?

そうなれば、お互い子供ではない。同じ部屋に泊るということは当然……。

「あ、ごめんなさい」

バッグの中でケータイが鳴り出したのだ。「ちょっと失礼します……」

席を立って、レストランの入口辺りへ行くと、

「もしもし」

「文乃、今どこにいるの？」

幸代からだ。

「お友達と食事してるのよ。そう言ったでしょ」

「それはいいんだけど、今日、ガス器具の点検に来る日じゃなかった？」

「あ……。そうだった」

森田に誘われて、舞い上っていたのか、すっかり忘れていた。「ごめんなさい。うっかりして……」

「いいのよ、それは」

と、幸代が言った。「有里が早く帰ってたから、大丈夫だったの。ただ、点検に来た人に支払うことになってたかしら？」

「いいえ、管理会社の人から、払わないでくれって言われてる。どうしよう」

「それならいいわ。有里が、請求されたけど払わなかったって。渋い顔してたらしいわ」

「良かったわ、それじゃ」

有里のことだ。大人相手に、しっかり断ったのだろう。

「じゃ、ゆっくりしてらっしゃい」

と、幸代は言った。

「でも、もう食べ終るところだから」

つい、そう言っていた。

「いいのよ、何なら外泊して来ても」

「何よ、それ。――そんなんじゃないわ」

つい、口ごもってしまう。

通話を切って、息をつく。

「読まれてる……」

と呟いていた。

席へ戻ろうとすると、すぐ近くで森田もケータイに出ていて、

「――ああ、分った。じゃ、スーパーに寄って買って帰ればいいんだな。――いや、あそこは十二時ごろまで開いてるから、大丈夫さ。――うん、分った」

森田は通話を終えて、文乃の方を見た。目が合うと、二人は何となく笑った。

「文乃さん……」

「食後のコーヒーにしません？」

と、文乃は言った。「遅くなると、お宅で心配なさるでしょ」

いくら編集者は帰りが遅いといっても、仕事で遅いのかどうか、奥さんには分ってしまうのかもしれない。

「そうですね。お話できて、楽しかった」

二人でテーブルに戻る。

何となく、ホッとしている二人だった……。

11　綱わたり

「滝口さん」

　と、小野寺法子は声をかけた。

〈Kカルチャースクール〉の前を通り過ぎようとしていた滝口は足を止めて、

「何だい？」

　と訊《き》いた。

「いえ、用ってわけじゃないんだけど」

　と、法子は言った。「新しい生徒さんが三人も入るんですね。おめでとう」

「ああ、どうも」

　滝口も、そう言われて嬉《うれ》しそうで、「教えるってのは、腕前だけの問題じゃないからね。いや、もちろん、自分の腕だって大切だよ。しかし、生徒にやる気を出させるってのは、やっぱりある程度経験がないとね」

　得意げに語る滝口の姿は、新しい生徒が、安原広貴の口ききでやってくるのだということを知っている法子の目には、下手なお笑い芸人を見ているようだったが、もちろん

笑いはこらえて、

「そういうものなんですね」

と、感心したように言った。

「今度、レッスンを覗《のぞ》いてみてくれよ。何ならタダで教えてやるぜ」

「わあ、本当？私、一度ギターって、触ってみたかったの」

「いつでも言ってくれよ」

滝口はかなり「調子に乗って」いる様子だった。

法子は、滝口の上着に目をとめ、

「その上着、いい色ですね」

と言った。

「だろ？　イタリア製なんだ。やっぱり向うの色彩感覚は抜群だよな。日本じゃ、こんな色、絶対に出ないよ」

と、得意げである。

「凄《すご》く、滝口さんに似合ってる！　やっぱり着こなせる人って少ないわよね」

「ありがとう。見る目があるね。どうだい、一度飯でも食おうよ」

「本当？　嬉しいわ！」

相手を引っかけてやるのだと思えば、どんな歯が浮くようなお世辞だって言える。法子は、自分が結構名優かも、などと考えていた……。

そのとき、滝口のポケットでケータイが鳴った。

「――もしもし。――やあ、どうも」

滝口は受付から離れて、ロビーのソファにかけると、「――色々助かってるよ。――うん、先生のおかげで」

法子は、滝口が安原真人と話しているのだと直感的に分った。そして、納得した。あの高価に違いないイタリア製の上着。滝口には本来、そんなものを買う余裕はないはずである。

どこかから、「別収入」があったのだ。

「うん、それじゃ、今夜〈F〉でね。――また新しい彼女を連れて来るのか？　――冗談だよ」

と、滝口は笑って、「ああ、楽しみにしてる。――うん、それじゃ」

法子は、〈F〉が、安原親子のひいきの店だと知っていた。高級なフレンチの店で、とても滝口の懐具合では入れないはずだ。もちろん、安原真人の払いなのだろう。

滝口はそのまま行きかけて、ふと足を止めると、

「なあ」

と、法子の方へ戻って来て、「今夜、暇かい？」

「今夜――ですか？　別に予定はないですけど」

法子は胸がドキドキした。

「OK！」

寺山の声が響いた。

広い洋館の大階段の途中で、沢柳布子が振り返るカットだった。

「いいですね！　沢柳さん、いい表情でしたよ」

と、監督の寺山が言った。「それじゃ——」

「ね、ちょっと待って」

と、沢柳布子は寺山を止めて、「今のカット、やり直させて」

「え？　でも、充分ですよ」

「表情は悪くなかったと思う。でも振り向く動きが。——呼ばれる前に、振り向く準備をしてたわ。あれじゃおかしい。もう一度やらせて」

「分りました。もうワンテイクだ」

周囲のスタッフから、ひそかなため息が洩《も》れた。

「——凄いね」

という呟《つぶや》きに、幸代は振り返って、

「いつ来たの？」

と、有里に訊いた。

「ついさっき」

と、有里は小声で言った。「頑張ってるね、布子さん」

「あんなことがあって、却《かえ》って集中してるのかもしれないわね」

付き人をしてくれていた、叶岐代の死。そして、かつての相手役だった和田京介からの借金の頼み……。

「大丈夫なの、勉強しなくて」

と、幸代が訊く。

「人生の勉強してるよ」

と、有里が言うと、

「それもそうね」

祖母も祖母である。

布子は、次のテイクでＯＫが出ると、やっと満足したようで、

「お疲れさま」

と、スタッフに声をかけ、隅に置かれた椅子の方へ戻って来た。

「あら、見に来ていたの？」

と、有里に微笑みかける。

「ええ。凄くエネルギーを感じます」

「まあ。――あんまり張り切り過ぎてもいけないと思うけど」

と、布子は椅子にかけて息をついた。

「お茶を」

　と、駆けて来たのは、ジーンズの似合う若いスタッフの女性で、

「ありがとう。――のぞみちゃんというのよ」

　と、布子は有里に紹介して、「岐代ちゃんの代りを、よくやってくれてるわ」

「助手の二木《にき》のぞみです」

　化粧っけのない、あまり都会風ではない子だった。

「沢柳さん、メイクを直します」

　と、メイクの女性がやって来る。

「じゃ、そっちへ行くわ」

「お願いします」

　布子は立ち上って奥の方へ。

「お祖母《ばあ》ちゃん」

　有里はすぐに訊いた。「和田京介は現われてない？」

「ええ。用心してるわ。大丈夫」

　と、幸代は肯《うなず》いて、「それに、こののぞみちゃんもいるし」

「お話、聞いてます」

　と、のぞみは言った。「ちゃんと、その和田って人の写真も見ました」

「今の写真？」

「和田が布子さんと再会したところに居合せたでしょ？　あのとき、帰り際にケータイで撮っておいたの」

「お祖母ちゃん、凄い！」

「怪しいと思ってたわけじゃないわ。かつての二枚目がね、と思って。向うは気が付かなかったでしょう。でも、撮っておいて良かったわ」

「ですから、しっかり憶《おぼ》えてます」

と、のぞみは言った。「もしここへやって来たとしても、絶対近付けません」

「お願いしますね」

と、有里が念を押すと、

「私、こう見えても、柔道三段で」

「は……」

有里も、さすがにびっくりした。確かに、大柄というわけではないが、体つきがしっかりしている。

でも――放り投げたりしたら、和田は死んじゃうかもしれない。罪をちゃんと償わせなくては……。

「メールが来てる」

有里はケータイを見て、「――お祖母ちゃん、やっぱり和田が」

「病院へ行ったの？」

「うん。看護師さんに頼んどいたの。もし現われたら知らせてくれって」

「ここのことは知らないでしょう。用心に越したことはないけど」

「私、表を見てくる！」

と、有里は駆け出して行った。


「言っただろ」

と、滝口は小野寺法子に言った。「あいつのことだ。絶対新しい彼女を連れて来るって」

レストランに先に着いていた滝口と法子は、入口に近いスペースで、軽いカクテルを飲んでいた。

そこへ、

「いらっしゃいませ、安原様」

と、店の人間の声がして、安原真人が入って来たのだ。

滝口に輪をかけて派手な色のシャツの胸元を開けている。——法子は、真人をそう見ているわけではないので、ちょっとびっくりした。

三十前のはずだが、少したるんだ体つきはもう中年だ。

連れているのは、まだせいぜい二十二、三の女の子で、びっくりするほど脚が長くて細い。

「やあ、どうも」

と、滝口は言った。「憶えてるだろ？　〈Kカルチャー〉の小野寺法子」

「受付にいる小野寺です」

と、法子が挨拶《あいさつ》すると、真人の顔に、ちょっと複雑な表情が浮んだ。

「ああ、どうも」

と、ぶっきらぼうに言うと、「こいつ、モデルをやってる結衣《ゆい》だ」

女の子は黙ってニッコリ笑った。

四人はテーブルに移って、食事することになった。

一番上機嫌なのは滝口で、よく食べ、よく飲んだ。――年齢は十五ほども滝口が上だが、真人は後ろに「父親」を背負っている。

しかし、一番食べたのは結衣で、さすがの若さだった。それに、真人と滝口の話に加わるでもなかったので、ただ食べることに集中していた。

途中、滝口がトイレに立つと、

「〈Kカルチャー〉は長いの？」

と、真人が訊いた。

「そうですね。もう……五、六年です」

「そうか」

「あの――戸河純江さんと一緒に受付やってたんです」

　と、法子は言った。

「誰？」

「戸河さんです。この間……」

「ああ、殺されたんだっけね。可哀そうに」

　と、真人は言った。

　もう何杯目かのワインを飲み干した結衣は、それを聞くと、

「誰が殺されたの？」

　と、ほとんど初めて口を開いた。

「私と一緒に受付をしてた子で、戸河純江さんっていったの」

「へえ……」

　結衣は、大して関心もなさそうだったが、「誰に殺されたの？」

　と訊いた。

「亭主が殺したのさ」

　と、真人は言った。

「違うみたいですよ」

　と、法子は言った。「まだ刑事さんが調べてます」

「そうか。まあ、どうでもいい」

　真人は明らかにその話をしたくないようだった。すると結衣が、

「動機ね」

　と言った。

「何だ？」

「殺人っていったら、まず動機から犯人を捜すんだわ」

「お前、何だ、テレビの刑事もののファンなのか」

「ううん、あんなのでたらめよ」

　と、結衣はアッサリと言った。「私のパパ、刑事なの」

　法子はびっくりした。

「意外ね」

「そう？　ママがアメリカ人とのハーフだから、私、こんなに脚が長くなったの。パパはずんぐりしてて、百五十五センチしかない」

　法子には、どういう親子か、想像できなかった。

　滝口は戻って来ると、

「デザートも旨《うま》そうだ。ワゴン一杯に並んでて、選ぶのに苦労しそうだな」

　と、呑気《のんき》に言った。

「おい」

　と、真人が言った。「もう出よう」

「え？」

滝口は面食らって、「まだ終ってないだろう？」

「出るんだ」

真人は滝口のことなど気にもとめない様子で、立ち上って、さっさと出口の方へ行ってしまった。

「おい」

と、滝口が法子へ、「何か言ったのか？」

「何も」

と、肩をすくめる。「気まぐれなんでしょ、ああいう人は」

「でも珍しいわね」

と、結衣が言った。「本人が一番甘いもの好きなのに」

「仕方ねえな。俺たちも出よう」

滝口が急いで席を立つと、真人を追って行った。

——法子は、真人が明らかに戸河純江の話を避けたがっていると感じた。

「これ、ちゃんと飲まないと」

結衣はワイングラスを一気に空にして、「あの人、支払いしてった？」

「さあ……。滝口さんじゃ払えないかも」

「法子さん、だっけ。——ね、良かったら、コーヒーでも飲まない？　二人で」

結衣の意外な申し出だった……。

よっぽどアルコールに強いとみえて、結衣はコーヒーショップに入ってもケロリとしていた。

「ひどいわね」

と、法子は言った。「あなたのこと、放《ほ》っといて帰っちゃうなんて」

安原真人は、レストランの支払いもせずに、さっさと一人でタクシーを拾って行ってしまったのだ。焦ったのは滝口で、持っていたカードで支払ったが、当然真人がおごってくれることになっていたはずで、

「何だっていうんだ……」

と、ブツブツ言いながら、法子たちと別れて帰って行った。

「私は平気」

と、結衣が肩をすくめて、「アパートまで近いし、タダで食べて飲んだだけで充分」

「あなた、若いのにしっかりしてる」

と、法子は笑って言った。

「自分の魅力の使い方を心得てるだけ」

と、結衣はサラリと言って、「ね、法子さん。殺された同僚だった人のこと、わざと話したのね？」

思いがけない問いかけに、法子は言葉が出なかった。

「――私、知ってたの」

と、結衣は言った。

「知ってたって？」

「殺された、戸河純江さんのこと」

法子は唖然《あぜん》とした。

「同じモデル仲間でね、〈マリソル〉って芸名の子がいるの」

と、結衣は続けた。「その子、戸河純江さんの従妹《いとこ》なのよ」

「へえ……」

「まだ十九なんだけど、純江さんにずいぶん可愛がってもらったって。殺されたって知って、凄くショックを受けてね。私のパパが刑事だってこと、知ってたんで、相談されたのよ」

「びっくりだわ！　――じゃ、そのために安原さんと？」

「それだけじゃないけど、純江さんが〈Kカルチャー〉で働いてたって知って、何か手掛りがないかと思ったの。法子さんが来てくれて、嬉しかったわ」

法子は、思いもよらなかった結衣の話に、コーヒーを飲むのも忘れていた。

「直接、純江さんに会ったのは一度きりだったけど」

と、結衣は言った。「マリソルの所に遊びに行ったときに、ちょうどみえててね。マリソルのこと、本当の妹みたいに思ってるのがよく分って……。あの人が殺されて、マリソルから話を聞いたの。――でも、法子さんの話で、事件が見えてきた気がする」

「そうでしょ？　今日の安原さんの様子もおかしいわよね」

と、法子は熱心に肯いた。

結衣に、法子は自分の知っていることをすべて打ち明けた。

ただし、ここまで熱心なのが、村上という、ちょっとすてきな刑事のためだとは言わなかった。

結衣は大分ぬるくなったコーヒーをゆっくり飲み干して、

「――危いわ」

と言った。

「何が？」

「法子さんのやってること。自分じゃ分ってないかもしれないけど、とっても危険よ」

法子はちょっと面食らった。結衣は続けて、

「もし、本当に安原が犯人だとして、あなたが怪しんで探りを入れて来たりしたら、どう思う？　せっかく今は誰も疑っていないで安全なのに、あなたが引っかき回したら……。ことは殺人よ。誰が犯人でも、人を一人殺してるのよ。もう一人殺そうと思っても、おかしくない」

法子は結衣の言葉に、ちょっと笑いそうになった。

「大丈夫よ。私、ちゃんと用心してるわ」

「そういう自信が危いの。ね、分る？　テレビの素人探偵みたいなわけにいかないんだから」

「そんな……。もう三十よ、私。どこまでやっても大丈夫か、判断できるわ」

「でも、何か一人でやろうとするのは、やめた方がいい。必ず誰かと一緒に。話を訊かれた刑事さんのことは知ってるのね？　じゃ、その人に、分ったことを知らせてあげて。後は刑事さんが調べてくれる」

結衣の言っていることはよく分る。しかし、法子は自分の方がずっと年上だという思いと、安原真人に目をつけたのは自分だという気持もあって、素直に聞けなかった。

もちろん、この場では、

「ありがとう。そうするわ」

と答えておいたのだが。

「私、もう一杯コーヒーいただくわ」

結衣は呑気な口調で言った。

12　思惑

何かあったのか……。

和田京介は、不安な思いがふくらんで来るのを抑えられなかった。

和田は、沢柳布子のケータイ番号も、メールアドレスも聞いていた。今日、病院では、

「今日はお仕事に行かれましたよ」

と言われて、では、具合悪くもならずにすんだのだ、と安堵《あんど》していた。

本当ならロケ先に行きたいところだが、布子から、お金のことは、

「数日の内に」

と言われている。

あまりせっつくようなことはしない方がいいだろう。あの刑事に怪しまれては困る。

しかし、一応、金のことには触れずにメールを入れておこうとして送信したが、届かないのだ。

そして、ケータイへかけてみたが、つながらない。単に電源を切っているというのでなく、その番号が違っているとのことだ。

「妙だな……」

布子が和田からの連絡を受けるのを拒んでいるとも思えない。そうなると――何かの事情で、番号やアドレスを変えたか、ケータイが壊れて取り換えたか……。それなら同じ番号を使うだろう。

「――今は仕方ない」

と、和田は呟《つぶや》いた。

今夜にでも、病院へ行ってみようか？　しかし、却《かえ》って疑われることになったら……。

「――お待たせしました」

駅の改札口を、大きなトランクを押しながら出て来たのは、息子、一郎の彼女、浅井礼美だった。

「やあ、それで全部かね？」

と、和田は訊《き》いた。

「ええ。でも、詰めるの大変で」

と、礼美は言った。「何もないと思っても、結構あるもんですね。時間かかっちゃってすみません」

「いや、構わんよ」

と、和田は言った。「じゃ、行こうか」

「はい」

礼美のために借りたアパートの鍵《かぎ》を受け取るのに、保証人の印が必要だった。

アパートに近い不動産屋で、和田は今月分の家賃を現金で払い、鍵を受け取った。

アパートへ行って、玄関を開ける。

「――さあ、これで君の部屋だ」

と、和田は鍵を礼美へ渡した。

「ありがとうございます」

と、礼美は頭を下げた。「私なんかに親切にしていただいて……」

和田は、礼美が可哀そうになってきた。

息子のために、人生を狂わされてしまう。――親として、責任を感じる。

「電気やガスが、ちゃんと使えるか、見た方がいい」

ここで帰ってしまうつもりだったが、ついそう言って部屋へ上っていた。

ポットや電子レンジなどは一応備わっている。カーテンも、安っぽい柄だが取り付けてあった。

「お茶でも淹《い》れましょう」

と、礼美は言った。

「いや、そんなことは……」

と言って、「君……布団は？」

と訊いた。

「前の布団、あんまりひどかったんで、捨てて来たんです」

「じゃ、買って来ないと。今夜から寝るのに困るだろう」

「どこか近くで見付けます」

「しかし、持って帰るのだって大変だ。——さっきの駅前に安売りの家具屋があったね。一緒に行ってあげよう。他に必要な物も色々あるだろ？」

「でも……。いいんですか？」

「ああ。——さ、行こう。何なら早めの夕飯をどこかで食べてもいい」

「すみません」

礼美はすっかり恐縮していた。

駅前に戻ると、布団と毛布を買って、抱えながら、和田は礼美が細々とした品を買うのに付き合った。

一郎なら全部父親に払わせるだろうが、礼美は、

「これ以上ご迷惑はかけられません」

と言って、自分で買った。

当然とも言えるが、その礼美の気持は、和田を嬉《うれ》しがらせた。

結局、かなりの大荷物を抱えて、二人は駅前の中華料理の店に入った。

味はそれなりだが、量があって、礼美も食欲を発揮した。

「——おいしいです」

と、ニッコリ笑う礼美は、一郎と一緒に初めて会ったときとは別人のように活《い》き活《い》きして見えた。

あのときは、和田からどう見られるか、不安もあったろうし、緊張もしていただろう。

こうして見ると、上京して来て一人暮しの、ごく普通の娘である。

一郎の子を産んだとしても、一郎がどこまでちゃんと面倒を見てくれるか、あてにならないことを父親としてはよく分っていた。

一郎には妻も子もあるわけで、別れて礼美と結婚することは、まずあり得ない。——しかし、和田としてはそこまで一郎と礼美の問題に立ち入りたくなかった。

そうだ。俺の方だって、それどころじゃないんだからな……。

和田は病院で叶岐代を誤って死なせてしまったことを、ほとんど忘れかけていた。

「あんまり無理しないで下さいよ」

と、内山医師が言った。

病室へ戻った沢柳布子の脈を取っている。

「血圧は少し高めというところですね」

と、内山は首を振って、「撮影してらっしゃる方が、体調は良くなってるみたいですよ」

「先生、スターって、そういうものなのよ」

と、布子が言って笑った。

「いや、かなわないな、沢柳さんには」

内山医師は、「しかし、薬はちゃんとのんで下さいね」

と付け加えた。

「私が憶《おぼ》えていますから」

と、布子についている二木のぞみが言った。

内山が廊下に出ると、幸代と有里が待っていた。

「どうですか、布子さん？」

と、幸代が訊く。

「ええ、疲れてはおられるようですが、大丈夫です」

「それなら……」

と、幸代と有里は安堵したが、

「撮影はあとどれくらい続くんでしょうかね？」

と、内山は訊いた。

「今日は予定より大分進んでました。でも、まだ三分の一は……。あと二週間くらいはかかるでしょう」

と、幸代は言った。「私は素人ですからね。監督に確かめておきます」

「よろしく。——今は気が張ってらっしゃるからお元気ですが、どこまで続くか……。

充分、こちらでも気を付けていますが」

「よろしく」

と、幸代は言って、「じゃ、帰りましょ。――有里、ちゃんとテストの勉強してよ」

「忘れてるわけじゃないよ」

と、有里は言い返した。


「すみませんね……」

と、礼美は言った。「もう後は……」

「うん。ともかく、これで寝られるね」

と、和田は布団の大きな包みを畳の上にドサッと置いた。

「申し訳ありませんでした、本当に」

と、礼美は言って、近くのスーパーで買った牛乳やミネラルウォーターのペットボトルを冷蔵庫へ入れた。

「じゃ、もう失礼しよう」

と、和田は言った。「次の家賃のとき、一郎が払わなかったら、知らせてくれ」

「ありがとうございます。あ……」

礼美の持っていたケータイが鳴った。「――もしもし」

一郎からだろう、と和田は思った。

何もかも人任せにして、それでいてやさしそうに声をかけたりする。

「——ええ、お父様が手続きして下さったから。——大丈夫。このアパートに来られる？」

と、礼美は訊いている。

和田は出て行きかけたが、何となく気になって、ドアノブにかけた手が止っていた。

「——じゃあ、分らないのね。——いえ、いいの。無理しないで。——ええ、連絡を待ってるわ。あの——」

礼美が何か言おうとしたが、切られてしまったらしい。

「——一郎か」

と、和田は訊いた。

「ええ。今、忙しくて、それどころじゃないって……。借金、返せるんでしょうか、あの人？」

「頼んであるがね。しかし——礼美さん、本当にいいのか」

今さら、こんなことを訊いても……。分ってはいたが、つい口から出てしまう。

「お父様……。あの人との間がどうなっても、お腹の子には罪ありませんから」

「それはそうだが……」

出て行こうとして、ためらってしまう。

「私みたいな者のこと、心配して下さって、ありがとうございます……」

と、礼美はちょっと涙ぐんでいる。

和田は胸が痛んだ。しかし、自分にできることは限られている。

「じゃあ……ゆっくり休むんだよ。店員の仕事はそう休めないんだろ？」

「明日から出ます」

「それじゃ、今日は早く休むといい。何かあればいつでも……」

くどくなりそうだ。和田はドアを開けた。

「あの——」

と、礼美が声をかけた。

「うん？　何だね？」

「いえ……。もしかして、お時間があれば、もう少しここにいて下さらないかと思って……」

何かが変っていた。二人の間の空気が、微妙に違うものになっていた。

「それは……構わないがね……」

和田は半分開けていたドアを、静かに閉めた。

「今、明りがいい具合です！」

カメラマンの助手が、ロケ現場の洋館の中へ駆け込んで来た。

「そうか」

　監督の寺山が、昼の弁当を食べていた手を止めて、「しかし、まだ十分しか休んでないし……」

「いいわよ」

　と、沢柳布子がお茶を一口飲んで、「次はいつ太陽が出るか分らないでしょ。撮ってしまいましょう」

「いいですか？　――じゃ、すぐ準備！」

　と、寺山が指示すると、スタッフが一斉に弁当を放り出して、駆け出して行った。

「沢柳さん、まだ仕度にかかりますから、座ってらして下さい」

　と、寺山は布子へ声をかけて、表に飛び出して行った。

「ラストスパートね」

　と、布子は言った。「まだちょっと早いけど、波に乗ってくると、どんどんはかどることってあるものよ」

「ベテランの勘ですね」

　と、有里は言った。「見て来ますね」

　表に出ると、通りに黒塗りの大型車が停っていて、その車を正面から見る位置にカメラがセットされつつあった。

「おい！　レフ板！」

　と、カメラマンが怒鳴る。

レフ板は太陽光を反射させて、画面にいらない影が入るのを防ぐものだ。

役者の顔を明るくして、表情がはっきり映るようにもする。

「おい、その枝を上げてくれ」

と、カメラマンが指さす。

洋館の塀の内側にある太い木の枝が、塀を越えて道にかかっているのだ。

「枝、折るなよ」

と、カメラマンが注意した。

「じゃ、どうしたら……」

と、助手の若者が困っている。

「枝の先の方だけが画面に入るんだ。塀のぎりぎりの所で枝を持ち上げてろ」

「はあ……」

「今じゃなくていい！　カメラを回すときだけだ」

有里は見ていて、難しいことを言うもんだな、と感心（？）した。

助手は脚立を持って来ると、塀のそばに置いて上に上った。両手で枝を持ち上げると、

「これぐらいでいいですか？」

と訊いた。

カメラマンがファインダーを覗《のぞ》いて、

「うん、もう少しだ。――そこでいい。本番のとき、持ち上げろ」

「分りました！」

しかし、脚立は足下がしっかりしておらず、危なっかしい。

「大丈夫かしら……」

と、有里は呟いた。

「よし、テスト一回で本番！」

と、寺山が言った。「沢柳さんを呼んで来てくれ」

有里は、カメラに入らない所へ退《さ》がった。

スーツ姿の布子が門から出て来て、車のドアを開けて立っているドライバーに、

「ゆっくりやってね」

と、ひと声かけ、車に乗り込む。

「ＯＫ！　本番だ！」

布子が門の中へと戻った。

「本番！　ヨーイ、スタート！」

寺山の声が響いた。

有里は、あのカメラマンの助手が両手で枝をぐっと持ち上げるのを見た。

門から布子が出て来る。

そのとき――助手の体がフラついた。

脚立が傾いたのだ。

「危い――」

と、誰かが言った。

脚立が、助手を乗せたまま倒れて来る。――その先には布子がいた。

有里は駆け出そうとしたが、他のスタッフに遮られていた。

危い！

そのときだった。ロケを見物していた数人の中から、背の高い若い男が駆け出して来た。そして、布子の体を抱き上げると、前方へ飛んだ。

ぎりぎりの場所に脚立が倒れて、助手は地面に投げ出された。

「布子さん！」

と叫んだのは幸代だった。

若者は、布子を地面に下ろした。

「まあ……。びっくりしたわ」

布子は、何が起ったのかよく分らないようだった。

「沢柳さん！」

寺山が青くなって駆けつけた。

「大丈夫。――私は何ともないわ」

と、布子は肯《うなず》いて見せて、「それより、落っこちた人、大丈夫？」

地面に投げ出されていた助手は、やっとこ起き上ったところだった。

「すみません！　沢柳さん、おけがは……」

「何ともないわ。それよりあなた……。額から血が出てるわよ」

「おい、手当しろ」

と、カメラマンが言った。「——失礼しました。ちゃんと足下を確かめさせるべきでした」

と、布子に詫《わ》びる。

「どんなに危い撮影でも、けが人を出すのはスタッフの恥ですよ」

と、布子は厳しい口調で言った。「今の人、頭を打ってるでしょ。病院でちゃんと検査してもらって」

「分りました」

と、寺山が言った。「僕が責任持って、やらせます」

「お願いよ。それと……。あなた、ありがとう」

布子は、自分を抱えて運んでくれた若者の方へ礼を言った。

「いえ。間に合って良かったです」

照れたように、若者は言った。「ちょうど見物していたので……」

「中でお茶でも？　——幸代さん、案内してあげて下さる？」

「私が」

と、有里は進み出て、「こっちです」

と、先に立って洋館の中へと若者を案内した。

13　凍えた目

「凄《すご》いなあ」

と、その若者は、本番が終って、

「カット！　ＯＫ！」

と、寺山が声をかけると、ホッと息をついて言った。

「え？　何が？」

と、そばにいた有里が訊《き》くと、

「ああして撮影したカットが、大きなスクリーンに映写されるんだろ。夢みたいだ！」

布子を危ういところで救った若者は、加賀《かが》和人《かずと》といった。

今、十八歳だと聞いて、有里はちょっとびっくりした。十六歳の自分と比べても、ずいぶん大人びて見えたのだ。

「やあ、どうだい？」

と、寺山が戻って来て、加賀和人に声をかけた。「面白い？」

「ええ、とても。僕も映画撮りたくて」

「そうなのか」

「今、〈G映画専門学校〉に通ってます」

「ああ、桑原《くわはら》さんが校長の。それでロケを見に来たのかい？」

「いえ、たまたま、アパートがこの近くで」

と、加賀は言った。「まだここでの撮影は続くんですか？」

「あと一、二週間はね」

「じゃ、ときどき見に来てもいいでしょうか？」

「もちろん。君、何てったっけ？――ああ、加賀君か。何なら、アルバイトするかい？ スタッフに若くて力のある子が欲しかったんだ。何しろ、みんなくたびれててね」

「本当ですか！ 何でもやります！ 屋根から飛び下りるんだって平気ですよ！」

と、声が弾んだ。

「おいおい、アクション映画じゃないんだ」

と、寺山は笑って、「じゃ、助監督に言っとくから、良かったら明日からおいで」

「分りました！」

その声は、辺りに響き渡った。

「じゃ、あそこにいた人、君のお祖母《ばあ》さんか」

「ええ」

と、有里は肯《うなず》いて、「天本幸代っていって、画家なの」

加賀がピタリと立ち止って、

「天本幸代だって？　あの天本幸代？」

「知ってるの？」

「もちろん！　向うで展覧会があったとき、見に行ったよ」

「向う？」

「ロサンゼルス。僕はロスで育ったんだ」

「そうなの。――お祖母ちゃんに言ったら喜ぶわ」

――有里は、テストがいよいよ間近で、そういつまでもロケ現場にいられないので、加賀と一緒に帰ることにした。彼のアパートが、ちょうどバス停の方向だったのだ。

「あなたも気を付けててね。沢柳さんに、つきまとってる奴がいるの」

「へえ。どういうこと？」

「話せば長くなるけど……。ま、いいか」

というわけで……。

結局、二人は通りかかった喫茶店に入って、話し込むことになったのである。

「――和田京介ね」

加賀は有里のケータイの写真を眺めて、「分った。沢柳さんの用心棒が、もう一人いると思ってくれ」

「心強いこと」

と、有里は笑って言った。

二人は表に面したガラス窓の所の席についていたのだが、コートをはおった小太りの男が店に入って来ると、

「君、天本有里さん？」

と、声をかけて来た。

「そうですけど」

「僕はM署の香月《かつき》っていうんだ」

「ああ、戸河さんのことで――」

「そうそう。話を聞かせてもらった。村上さんから君の写真を送ってもらってたんでね」

「村上さんが私の写真を？」

村上さんたら、勝手なことして、と有里はちょっと面白くなかった。

まあ、しかしもともと戸河純江が殺された件は村上の担当だったわけではない。今の村上は、叶岐代を和田京介が殺したと思われる事件を担当しているのだ。

「戸河康士さんは今、撮影の現場にいるのかな？」

と、香月という刑事は訊いた。

「もともとエキストラですから、毎日仕事があるわけじゃないので」

と、有里は言った。「現場で助監督にでも訊けば分りますよ」

「そうか。ありがとう。——この先だね、ロケは」

「ええ」

「いや、途中で外から君の顔が見えたものだから。——お邪魔したね」

「いえ……。香月さん、純江さんを殺した犯人の手掛りはあったんですか？」

「どうも今のところは……。村上さんが手伝ってくれて、ちょっと怪しいかなと思われる人間はいるんだけどね。——いずれ犯人は必ず尻尾《しっぽ》を出すよ」

そう言って、香月はさっさと行ってしまった。

「何だか変な人」

と、有里は肩をすくめた。

気が付くと、加賀がキョトンとして有里を眺めている。

「——どうかした？」

と、有里が訊くと、

「今話してたのは、沢柳さんに付いてた女の人が殺されたのとは別の件？」

「ええ。あの映画のエキストラの奥さんがね……」

「君って、高校生なのに、どうしてそんなに色んな事件に係《かかわ》ってるんだい？」

「別に係りたくて係ってるわけじゃないわ。たまたまよ」

と言いながら、やっぱりはた目には特別なことに見えるのかしら、と思ったりした。

「でも……危いなあ」

と、加賀は言った。

「え？　私のこと？」

「そうだよ。アメリカだったら、射殺されてるかもしれない」

「まさか」

「いや、本当だよ。もちろん、安全な所もある。でも、ちょっと寂しい辺りに入ると、君のような女の子が一人でいたら、いつ襲われてもおかしくない」

「そんな町なの？」

「まあね。僕が育った辺りは、腕っ節が強くないとやっていけない。拳銃《けんじゅう》は持ってなかったけど、ナイフの腕は、ちょっとしたものだったよ」

軽い口調ながら、真剣に話していることは有里にも分った。

十八歳というから、たった二歳しか違わないのだが、加賀がとても大人びて見えるのも当然かもしれない、と有里は思った。

「その和田って男もそうだけど」

と、加賀は続けて、「もし本当に人を殺したのなら、追いつめるのは危険だよ。それはプロの仕事だ。一人で何かやろうと思っちゃいけないよ」

「うん」

有里は肯いて、「そうね。――犯人の立場になれば、何十年も刑務所に入らなきゃならなくなるかどうかの分れ目だものね。もう一人殺してでも、って思うかもしれない」

「何かあったら、僕に知らせて」

と、加賀は言った。「君のボディガードにもなってあげたい」

「あなたが？」

「うん」

と、加賀は肯いた。

「でも……。待って。あなたの言う通り、危険を避けなきゃいけないのなら、私、あなたのことをよく知らない。あなたをすぐ信じるのも、危険じゃない？」

加賀がムッとして怒るかな、と思ったが、ちょっと目を見開いて、

「――その通り！　僕の負けだな」

と笑った。

「疑ってるわけじゃないのよ」

「いや、それでいいんだ。君ならきっとアメリカの大都会でも生き抜いていける」

加賀は改めて有里を見直すと、「もし、君が僕を信用できると思ったら、そう言って。僕は君を護《まも》りたい」

と言った。

その熱い気持を、有里はしっかり感じていた。

〈Kカルチャー〉の窓口でウトウトしていた小野寺法子は、そばに置いたケータイが鳴り出して、

「はい！」

と、思わず返事をしてしまった。「あ――ケータイか」

誰か見てなかった？　左右を素早く見回して、法子はケータイを手に取った。

「え？」

滝口からだ。「――もしもし」

「今夜、暇か？」

「いきなり何ですか？」

「安原真人から電話があってさ、ゆうべはすまなかったって」

法子は、滝口が食事代を払わされて不機嫌だったのを思い出して、笑いそうになった。

「何だか、気に入らないメールが入って来て帰っちゃったそうだ。君にも申し訳なかったって」

「私は別に……」

払った人間が違うだけで、法子としては、おごってもらったことに変りはない。

「今夜、六本木《ろっぽんぎ》のクラブに案内したいって言うんだ。面白そうだろ？」

「クラブ？　でも……私も行っていいんですか？」

「ああ。真人から言われてる。男だけで行ってもね」

「そうですか」

法子は、あのモデル、結衣から言われたことを思い出していた。

危いことをしてる。——気を付けなきゃ。

「でも、私、そういう所は慣れてなくて……」

「クラブなんて、別に変った所じゃないぜ。それに、真人がまた別の女の子を何人か連れて来る。それから、ギターの方の知り合いも何人か来るっていうから、気楽にやればいいさ」

そんなに何人も来るのか。それなら心配ない。

「分りました。行きます」

と、法子は言った。「どこへ行けばいいんですか?」

滝口からクラブの名前と場所を聞いて通話を切ると、法子はパソコンで、そのクラブを調べてみた。

「——凄いなあ」

一流のクラブとして有名だそうで、まず法子などめったに入れないだろう。

少し遅い時間に待ち合せたので、一旦《いったん》帰宅して、着替えて行こう。こんなＯＬそのものの格好じゃ、そんな一流クラブにはふさわしくない。

でも、帰ったところで、ある服は決っている。

「何を着て行こうかしら……」

と、法子はそのことばかり考えていた。

そして、

「そうだ！」

今日、帰りにデパートに寄って、服を買おう。丈を直すとか、そんなことがないものを買えば、充分間に合う。

法子は同じ事務で働いているアルバイトの子に声をかけた。

「そうだわ。――ねえ、ちょっと！」

「はあい。――何ですか？」

いつも眠そうにしている女の子で、確か二十歳の大学生。午後三時から、週に三回来ている。

名前は「アヤ」としか聞かされていない。

「ね、アヤちゃん」

と、法子は手招きして、「あなた、クラブとか、よく行くんでしょ？」

とたんに眠そうだった目がパッチリと開き、

「クラブのことなら何でも訊いて下さい！」

声のトーンが上った。

「私、今夜クラブに誘われてるの。どんなもの着てったらいいか分んなくて。帰りにデパートに寄って買おうと思うんだけど、付合ってくれない？」

「もちろん！　どこのクラブですか？」

「〈Mトーキョー〉って、知ってる？」

「知ってるなんて！　――凄いクラブですよ！　いいなあ」

「じゃ、お願いね。今度ランチおごるわ」

「了解です！」

と、アヤはウインクして、「彼氏、お金持なんですね！」

「違うわよ。ギターのクラスの滝口さん」

「ああ、あの人。クラブに詳しいんですか？」

「違うの。安原真人さんに招《よ》ばれて、こっちはその連れ」

「ああ、ギターの偉い人の息子さんですよね？　へえ、楽しそう。じゃ、帰りにSデパートに寄りましょう」

「他のデパートの方が近くない？」

「Sデパートが一番揃ってるんです」

「へえ……」

聞いてみるもんだ、と法子は思った。

「それに、着る物だけじゃなくて、バッグと靴も合せないと」

「そうか……。結構な出費ね」

一瞬、法子は迷ったが、「ここは思い切って、買っちゃおう!」

「そうですよ! 私、張り切っちゃう」

アヤはすっかり仕事のことなど忘れてしまっている様子だった……。


音楽。照明。カクテル……。

テーブルを囲むにぎやかな人々の話し声。それはアルコールが入るにつれ、テンションが上り、ボリュームも上った。

安原真人はいつもその中心にいて、周囲には真人を持ち上げる「取り巻き」が何人もやって来ていた。

法子も、もう三十。人がお世辞を言って酒や食事にありつこうとする姿は見慣れている。この夜、クラブ〈Mトーキョー〉にやって来ていたのも、そんな男たちだった。

真人を囲んで、男たち。その一人一人の間にクラブの女の子が入る。

法子は雰囲気を楽しんでいて、真人のそばに座ることはなかったが、

「いいね、今日のスタイル」

大分盛り上ったところで、真人が法子に言った。「見違えたよ。いつも窓口にいるのとは別人かと思った」

「本当だ」

滝口は真人のそばにくっついている。

今日も真人に逃げられたら大変だと思っているのだろう。

「君にぴったりだ」

と、滝口が言った。「よくそういう服を持ってたね」

「三十女をなめないで下さいよ」

と、法子は言い返した。「本当言うと、アヤちゃんに選んでもらったんです」

「アヤちゃん？」

「今、あの事務に来てるバイトの子で。凄くこういうことに詳しいんで、デパートに連れてって選んでもらったんですよ」

「へえ。そんな子いたかな」

「毎日来てるわけじゃないから」

と、法子は言った。「でも、今夜滝口さんにここへ連れてってもらうんだって言ったら、凄く羨《うらやま》しがってましたよ」

「——そうか」

真人が新しいグラスを両手に一つずつ持って、「さ、これ、飲んでごらん。ちょっと変った味だけど、このクラブの名物なんだ」

と、法子へ一つを差し出す。

「でも……。もういい加減酔ってるし。そんなに強くないんですよ、私」

「一杯ぐらい同じさ。ここに来たら、これを飲まないと」

そこまで言われては、法子もグラスを受け取らないわけにいかない。

「じゃあ……」

と、口をつけて、「――本当だ。ちょっと珍しい味ですね。でもおいしい」

「だろ？　ぐっと空けて。いい心持ちになるよ」

と、真人は言った。

法子はほとんど一気にそのカクテルを飲み干した。そして真人と目が合った。

どうして、あの人はあんな目をしているんだろう？

真人の目は少しも笑っていなかった。

冷ややかに法子を見ていた。――この人、ここへ楽しみに来てるんじゃないんだわ、
と法子は思った。

それなら、なぜ？

突然、法子の視界がぼやけた。

どうしたんだろう？　やっぱり飲み過ぎたのかしら？

「あの――ちょっと――」

と、立ち上ろうとして、よろけた。

そして、よろけながらトイレに向った。

「どうしたの？」

「悪酔いしたのさ……」

「どこかで横になれば……」

「救急車呼んだ方が……」

言葉の断片が法子の目の前でチラチラと回り続けていた。

14　焦燥

「一日遅れたら死ぬ」

はずだった和田一郎だが、三日たっても生きている。

当然のことで、金を借りようとする人間は、必ず、「切羽詰っている」ふりをしなければならないのだ。

そして、一郎の場合、父の和田京介が「何とかする」と言ってくれた時点で、すでに死ぬほどのことではなくなっていた。

つまり、借金の返済を迫られても、

「親父が払うと言ってる」

と逃げられる。

それでも、

「いい加減何とかしてくれよ」

と、父親に平然と催促していたのである。

「――分ってる」

和田京介は、息子を叱りつけることもできず、電話があれば、「もう少し待ってくれ」と言うしかなかった。

「あなた」

と、妻の伸子が、ケータイを眺めている夫に言った。「沢柳さんが貸して下さるんじゃなかったの?」

「ああ、もちろんそうだ。ただ――今、ちょうど映画の撮影が追い込みに入ってる。何しろ久しぶりの主演だからね。集中したいんだそうだ」

と、和田は言った。

「そうおっしゃったの?」

「うん。忙しいから、とゆうべメールをくれた。こっちも、撮影の最中だと思うと、電話しにくいしな」

「そう。それならいいけど……。一郎が、また困ったことになると……」

「分ってるとも。今日、ロケ先に行ってみるつもりだ。何か、彼女の書いたものがあれば、借金取りだって納得するさ」

「そうね。じゃ、ぜひそうしてもらって。一郎から電話がある度に、気が気じゃないわ」

「心配性だな」

と、和田は笑って、「じゃ、ちょっと出かけて来る。用事を済ませて、直接ロケ先へ回るよ」

「分ったわ。遅くなるようだったら、電話して」

と、伸子は言った。

和田は、妻と目が合うのを避けるように、手早く仕度して家を出た。

「――参ったな」

外へ出ると、和田は呟《つぶや》いた。

沢柳布子からメールをもらった、などというのはもちろん嘘だ。とっさに出まかせをまことしやかに口にするのは得意だった。

しかし、嘘をついても現実が変るわけではない。

和田は、冷たい北風にマフラーをきっちり巻いた。冬の寒さは、七十五歳の身にこたえる。

バス停へと歩きながら、和田も認めないわけにはいかなかった。

何かあったのだ。布子の気持を変えさせるようなことが、何か。

毎日、和田は何度も布子と連絡を取ろうとあらゆる手を使った。ケータイ番号やメールアドレスは変更されてしまっている。病院に電話して、別の名前を名のってつないでもらおうとした。

映画会社のスタッフに、ロケ先を訊《き》いて、布子のマネージャーのケータイ番号を教えてもらおうともした。

しかし、そのどこでも、「沢柳布子」の名前を出すと、「お教えできません」と断られてしまう。

布子は、気が変って、金を貸さないつもりなのだ。

和田は、布子に恨みの感情さえ抱き始めていた。——一体俺が何をしたって言うんだ！

自分が、あの布子に付いていた女性を死なせたことなど、忘れてしまっている。

俺をこんなひどい目にあわせなくてもいいじゃないか……。

スターだと思って、こっちを見下しているのか。

「俺だって……」

そうだ。俺だって、かつては人気スターだった。町を歩いていて、サインを求める女性たちに囲まれたこともある。

布子だって、ずっと相手役をつとめた和田に感謝していいはずだ。

バス停で立っていると、風が冷たい。

バスが来た。——しかし、和田は、どこへ行くか決めていなかったのだ。

病院に行っても、布子には会えないだろう。ロケ先に、とは言ったが、スタッフが大勢いる。行ったところで、追い返されてしまうだろう。

とりあえず、バスに乗った。

空いた席に座って、息をつく。――ともかくバスの中にいれば、風からは逃れられる。

「――俺は知ってるんだからな」

と、和田は呟いた。「布子の秘密を……」

その話を持ち出したくない。しかし、布子がどうしても金を貸さないと言うのなら、仕方ない。

「あのことを知られてもいいのか？」

と言ってやる。

布子がどう思うかは、分らない。和田のことを恨むか、軽蔑《けいべつ》するか。

どっちにしても、金さえ都合してくれれば文句はない。これきり二度と会うことがなくても、和田の方は構わないのだ。

金さえ……。そう。人間、年齢《とし》を取ると、頼れるものは金だ……。

――和田は、あまり考えることなく、バスに二十分ほど乗って、いつの間にか降りていた。

何となく足が向く。そのアパートに。

――玄関のチャイムを鳴らす。

少しして、ドアが開いた。

「いいかい？」

と、和田は言った。「何か用があるのなら言ってくれ。帰るから」

「せっかく来てくれたのに」

と、浅井礼美は言った。「入って下さい。——ね？」

当然、上る気で来ている。

「バイトは？」

靴を脱いで上ると、訊いた。

「今日は夕方から閉店まで」

と、礼美は言った。「時間ありますよ、まだ」

「すまんね。——家にいても、何かと心配ごとが多くてね」

「ゆっくりなさって下さい、ここにいる間は。新しいコーヒーの豆を買ったんです。飲みます？」

「ああ、もらおう」

礼美は嬉《うれ》しそうに、台所に立った。

和田はゆっくりと手足を伸して、礼美の後ろ姿を眺めていた。

——俺は何をしているんだ？

息子の恋人の所へやって来て、こうして寛《くつろ》いでいる。

一郎が知ったら、どう思うだろう？

「——どうぞ」

礼美がコーヒーを出してくれる。

「ありがとう」

和田は一口飲んで、「うん、旨《うま》い」

と言った。

「そうですか？」

礼美はニッコリ笑った。

その笑顔は、和田の胸をしめつけた。――こんな気持になるのは何十年ぶりだろう。

そのコーヒーには、ていねいに淹《い》れた思いがこもっていた。味だけでなく、その心が和田を打ったのである。

「君も飲んだらどうだ」

と、和田は言った。

「でも、今はちょっと……。妊娠中はあまり……」

「そうか。そうだったな」

和田はハッとした。「――こんな所を、一郎に見られたら困るだろう」

「どうしてですか？」

「いや……。一郎はそういう奴だ。君をこうして放っておいても平気だが、もし君が他の男といるところを見たら、腹を立てるよ」

「でも、お父さんなのに」

「ああ。それでも、きっと不機嫌になる」

「私、平気です。——私の父は酒乱で、母を年中殴ってました。私もよく殴られました。男って、そんなものだと思ってます」

「そうか……。私は、君のような娘が欲しかったよ」

「すみません。一郎さんとちゃんと結婚していれば、娘になれたのに」

「君が謝ることはない」

と、和田は言った。「一郎のしたことは、私にも責任がある。できるだけのことはしてあげたい」

「ありがとうございます。もう充分していただいてます」

礼美は穏やかに言った。

和田は、こうして礼美のそばにいるだけで、色々な心配事から解放されるような気がした。

もちろん、一郎の借金が失くなるわけではないし、沢柳布子と何とか連絡を取らなければならないことに変りはない。しかし、ここにいると、まるで、すべての雑事から切り離されたような安らぎを覚えるのだ……。

いや……いつまでもここにはいられない。何か手を打たねば。

「心配事ですか？」

と、礼美が訊いた。

「いや、なに、大したことは……」

「すみません！　当然ですよね、一郎さんの借金があるのに。そのせいで苦労してらっしゃるんですものね。私ったら、そんなことにも気が付かないで」

「いいんだ。君にどうにかできることでもないんだし」

「でも……もしかして、私でお役に立つんでしたら」

と、礼美は言った。「私にできることがあるのなら、おっしゃって下さい」

「しかし……」

と言いかけて、同時に和田は気付いた。

この礼美のことは、沢柳布子やその周囲の誰も知らないのだ。それなら、もしかすると……。

「——言いつけて下さい」

と、礼美は言った。「私にできることだったら、何でもします」

和田はゆっくりとコーヒーを飲み干すと、

「実はね……」

と、口を開いた。

「村上さん」

有里が声をかけると、村上刑事はびっくりした様子で、

「有里君。どうしてここへ？」

「連絡もらって。香月さんから」

「何だ。君まで呼んだのか」

と、村上は渋い顔をして、「勉強、忙しいんだろ？」

「でも、来ちゃったんだもの」

「まあ、それはそうだな」

M署の廊下で、二人は立っていた。

「――何があったの？ あの〈Kカルチャー〉の受付の人が……」

「うん。滝口のことで、この前話をしたんだ」

村上は、小野寺法子が話してくれた、ギターの世界で有名な安原広貴の息子、真人が滝口と知り合いで、戸河純江の殺された件と係《かかわ》っているのではないかということを有里に説明した。

「もちろん、この件は香月の担当だから、後は任せたんだが」

「それで……」

「その話をしてくれた小野寺法子がね……」

と、村上が言いかけたとき、香月が汗を拭《ふ》きながらやって来た。

少し太っているので、汗をかきやすいらしい。

「村上さん、どうも」

「香月君、この子まで呼んだのか？」

「呼んだわけじゃ……。ただ、村上さんが事件に詳しいと言ったんで、一応知らせておこうと」

「知らせりゃ来るに決ってる」

「村上さん、それって私への当てこすり？」

「いや、別に。——それで小野寺法子は？」

「こっちです」

並んだドアの一つを開けると、香月は、「質問しても、何も答えません」

村上は、派手なスタイルの、その椅子にかけた女が小野寺法子だとしばらく分らなかった。

しかし——よく見れば確かにそうだ。

「どうしたんですか？」

有里はそばへ寄ることができずにいた。

その女は放心したように、目を見開き、口を半ば開けていたが、顔は全く無表情で、何も見ていなかった。

両手はダラリと垂れ下って、糸の切れたマリオネットのようだ。

「薬を射《う》たれてる」

と、香月は言った。「どんな薬か、まだ分らないんだが、相当に強い効きめですね」

「治るんですか？」

「さあ……。大量に射たれると、脳が破壊されて、戻らないこともある」

「ひどい……。誰がそんな……」

「この服装は、普通じゃない」

と、村上は言った。「何か手掛りは？」

「何も持っていませんでした」

と、香月は首を振って、「心臓がやられたら、死んでいたかも。――入院させて、ともかく検査しないと」

「何か自分で探ろうとしてたのかもしれない。分ってれば止めたのに」

そこへ、他の刑事が、

「香月さん、〈Kカルチャー〉の人が」

と、顔を出した。

おずおずとやって来たのは、若い女性で、

「アヤといいます。〈Kカルチャー〉でバイトしてて……」

「この人を知ってるね？」

香月が傍へよけると、アヤは、短く息を呑《の》んで、

「法子さん！」

と、青ざめた。

「彼女がこの格好でどこへ行くとか、聞いてないか？」

村上が訊くと、アヤは身を震わせて、

「こんな……ひどい……。私が……この服を選んであげたんです！」

「君が？　つまり――」

「クラブに行くけど、何を着たらいいか分らない、って言われて……。私、デパートへ連れてって、服からバッグ、靴まで……。これって……麻薬のせい？」

「おそらくね」

「止めれば良かった……。でも、法子さん、楽しみにしてたんです！　滝口さんに招《よ》ばれて……」

村上と有里は顔を見合せた。

「話を聞かせてくれ。彼女は入院させて、できるだけの治療はする」

そう言うと、村上はアヤの腕を取って促した。

「病院へ運びました」

香月刑事が、応接室へ入って来て言った。「検査の結果を知らせてくれることになっています」

「回復してくれるかしら」

と、有里は言った。

「私がたきつけちゃったみたいで……」

アヤが気落ちした様子で言った。

「君のせいじゃないよ」

と、村上は慰めるように言った。「で、彼女は〈滝口〉と〈安原真人〉の名を出したんだね？」

「ええ。はっきり憶《おぼ》えています」

アヤは肯いて、「怖いですね。どうして法子さんが……」

「ね、村上さん」

と、有里が言った。「小野寺法子さんのこと、どうして身許《みもと》が分ったの？」

「〈Kカルチャー〉の入っているビルの前に倒れてたんです」

と、香月が言った。「〈Kカルチャー〉の職員の一人が見付けて」

「それって……小野寺さんの身許が分ってもいいと思ってたのね、置いてった人は」

有里の言葉に村上は肯《うなず》いて、

「確かにそうだ。全く別の場所に置いて行けば、しばらくは身許が分らなかっただろうからね」

「小野寺法子さんが、滝口にクラブへ誘われたことを誰かに話してると思ってたでしょうね。滝口や安原真人の名が出ても大丈夫だと……」

「おそらくそうだろうね」

　と、村上はため息をついた。

「――どういう意味ですか？」

　と、友田アヤが訊く。

「小野寺法子は、たぶんクラブの中で姿が見えなくなったことになってる。滝口も安原も、彼女が他の男と姿を消したと思って、そのまま帰ったと……」

「そんなこと――」

「たぶん、それを証言する人間が何人も用意されてるだろう。――彼女の記憶がちゃんと戻ればともかく、あの状態では、クラブの中で何が起ったか、はっきり憶えちゃいないだろうね」

「友田アヤさんでしたっけ」

　と、有里は言った。「あなたも用心して下さいね。あなたが服やバッグを選んだこと、滝口も知ってるかもしれません」

「そうだ。誘われても、行っちゃいけないよ」

　村上に言われて、アヤは目を見開くと、

「分りました！　絶対に行きません」

　と、上ずった声を出した。

「バイトなんですよね」

　と、有里は言った。「それなら、適当に理由つけて辞めちゃえばいいんじゃないですか？」

「ああ……。そうですね」

と、アヤは肯いて、「バイト、他に探します」

しかし、アヤはそう言った後で、

「法子さんがあんなことになって、私のせいかもしれないと思うと、悔しい！　私、滝口さんのこと、ぶん殴ってやりたい！」

と、拳《こぶし》を固めた。

そのとき、他の刑事が顔を出して、

「〈Kカルチャー〉で、小野寺法子のことを聞いたと言って、女の子が来てますが」

「誰だ？」

と、香月が訊く。

「ええと……。結衣って子です。モデルだとか……」

「会ってみよう」

と、香月が立ち上った。

「ここへ来てもらえ」

と、村上が言った。「何か役に立つ話かもしれない」

15　休憩時間

「はい、ＯＫ！」

と、寺山監督が言った。「いや、沢柳さん、すばらしいです！」

「お世辞はやめて」

と、布子は少し照れたように、「遠慮しないで、どんどんダメ出ししてね」

「ご心配なく。僕も監督です。気に入らなきゃ、何度でもやり直しますよ」

と、寺山は言った。「あとワンカット、いいですか？」

「ええ、大丈夫。逆立ちしろって言うんでなけりゃね」

布子の言葉に、ドッと笑いが起きた。

「じゃ、準備できたらお呼びします」

と、寺山が言って、「おい！　急げ！」

と、スタッフへ怒鳴った。

「いいのよ。急いでけが人が出ると困るわ」

と、布子はなだめるように言うと、助手の二木のぞみに腕を取られて奥の部屋へ入って行った。

「お疲れさまです」

待っていたのは、天本幸代。「お茶を淹《い》れておきました」

「まあ、偉い画家さんにそんなことしていただいて……」

布子は恐縮しながら、椅子にかけた。

「そんなことおっしゃらないで下さいな」

と、幸代は言って、お茶を注いだ。

布子は一口飲んで、

「おいしいわ。さすがに、ちょうどいい温度をご承知ですね」

「昔はうるさくしつけられましたからね」

二人の話を聞いていた二木のぞみが、

「お茶のいい温度っていうのがあるんですか？」

と、目を丸くして、「私、ペットボトルでしか飲んだことない」

「飲んでごらんなさい」

と、布子が自分のお茶をのぞみに渡した。

「え？　でも……私なんかが口つけていいんですか？」

「このくらいが適温と覚えなさい」

と、幸代が言った。

「失礼して……」

　のぞみは一口飲んで、「あ……。熱くもなく、ぬるくもなく……」

「分った？」

「はい！　忘れないようにします」

　幸代は立ち上ると、

「連絡するところがあるので、失礼します」

　と言って、その部屋を出た。

　スタッフが忙しく立ち働いている。

　幸代は、美術展のことで連絡する相手が何人かいて、ロケをしている屋敷の玄関から出ると、ケータイの電源を入れた。

　有里から着信があった。仕事の話より、まず孫である。

「――もしもし、有里？」

「あ、お祖母《ばあ》ちゃん。まだ撮影中？」

「あとワンカット撮るって。布子さんも張り切ってるわ。どうしたの？」

「今、M署にいるの」

「あら。何やったの？」

「捕まったんじゃないよ！」

「何だ、そうなの」

有里から、小野寺法子のことを聞くと、幸代は、

「そういうクスリをやってるような人は、どんなことでもやるものよ。だけど、あなたは試験勉強してるんじゃなかったの？」

「村上さんに文句言って」

と、有里は言った。「私は用心してるから大丈夫。それでね、モデルをやってる、結衣さんって人が、お祖母ちゃんの絵が大好きだって言ってて、村上さんと盛り上ってる」

「まあ。よろしく言って」

「こんな呑気《のんき》なこと言ってる場合じゃないんだけど……。ね、あの人——和田京介は現われてない？」

「ええ。私も気になってはいるの。かなり切羽詰ってたんでしょうから、布子さんと連絡が取れなくて焦ってるはずよ」

「病院の方は大丈夫かなあ。私、寄ってみようか」

「あなたは勉強してなさい！」

と、幸代は言った。


「あそこだ」

と、和田は言った。

「車が何台も停ってる所ですね」

と、礼美は停っていたトラックのかげから覗《のぞ》いて言った。

「ああ。大きな屋敷を撮影に使ってるんだ。やっとあの場所を突き止めたんだが、私が行くわけにいかない。顔が知れてるし、絶対に会わせてくれないんだ」

と、和田は言った。

「ひどいですね。会って話すぐらいのこと……」

「スターってのは、そんなものさ」

和田はそう言って、「この手紙を、沢柳布子さんに渡してくれ。他の人間に預けたりしちゃだめだよ。それじゃ彼女の手に届かない」

「分りました。じかに渡せばいいんですね」

「そうだ。君のことは誰も知らない。怪しまれることはないと思うが……。撮影の現場っていうのは、バタバタしてるものなんだ。人から話しかけられないように、忙しそうに歩いてれば大丈夫」

「やってみます」

「よろしく頼むよ。私はここで待ってる」

「はい」

礼美はジーンズにポロシャツで、現場スタッフらしい格好をしていた。

和田から渡された手紙をポケットに入れると、その屋敷へと足早に歩き出す。

和田は、祈るような思いで、

「頼むぞ……」

と呟《つぶや》いた。

その礼美を追い越すように、タクシーが一台走って来て、屋敷の門の前に停った。

「あら」

幸代は、タクシーから降りて来た文乃を見て、「どうしたの？」

「お母さん、ちっとも帰って来ないし」

と、文乃が不機嫌そうに言った。

「だって、布子さんの撮影が終らないからよ。言ってあるでしょ」

「分ってるけど……。夕飯の仕度する身にもなってよ」

と、文乃はふくれっつら。「有里だって、いつの間にか出かけちゃって」

「今、電話で話したわ。M署にいるって」

「警察？　何やったの？」

「そうじゃないって。そんなこと訊《き》いたら叱られるわよ」

と、幸代は笑って、「あの村上って刑事さんについてったみたい」

「困るわ、そんな。高校生を連れ出したりして！　私、警察に文句言ってやる」

「やめなさい。あの子はちゃんと分ってるわよ。それより、あんたは何しに来たの？」

「様子を見に来たのよ。——まだしばらくかかるの？」

「あとワンカットって言ってるけどね。すぐ済むかどうかは分らない」

「いい加減なんだから！」

「怒ったって仕方ないでしょ。――私、この電話終ったら控室に戻るから、ちょっと待ってて。布子さんに挨拶《あいさつ》ぐらいして行ってよ」

「はいはい。その辺にいるわ」

文乃は屋敷の中に入って行った。

「ちょっとすみません！」

スタッフが何だかセットの一部らしい椅子を運んでいる。文乃はあわててよけたが、今度はライトにぶつかりそうになる。

「せわしないわね、全く……」

と、文乃は呟いた。

若い女性が一人、玄関を入った所で、どこへ行けばいいか戸惑っている様子で、キョロキョロしていた。

スタッフのような服装だが、そうではないだろうと文乃は思った。スタッフはまず立ち止っていない。ほとんどいつも動いている。

そのとき、

「OK！　沢柳さんを呼んでくれ！」

と、監督の寺山の声が響いた。

文乃は、立っていた若い女性が、「沢柳」という名を聞いてハッとするのを見ていた。

「――どうしたの？」

幸代が玄関から入って来て、文乃に気付くと、「始まるみたいね。見物して行けば？」

「ね、ちょっと……」

と、文乃が幸代の腕をつかんで引っ張る。

「何よ？」

「あの女の子……。ほら、今、隅の方へ行ったでしょ？」

「あの子がどうしたの？」

「スタッフじゃないと思うの」

文乃の話を聞いて、幸代はそのジーンズの女性を改めて眺めた。

「せいぜい二十を一つ二つ過ぎたところ？　確かに、スタッフじゃないわね。見たことのない顔だわ」

「何しに来たのかしら？」

「さあ……。ともかく様子を見ていましょう」

と、幸代は言った。

二木のぞみが、沢柳布子のそばにぴったりとついて、撮影の現場へと連れて行く。

「――セリフはありませんが、表情で芝居して下さい」

と、寺山は言った。「この広間には、沢山の思い出が詰っている。広間の戸口に立った沢柳さんに、カメラがゆっくり寄って行きます」

「分ったわ。その動きに合せて、部屋の中を見渡すのね？」

と、布子が肯《うなず》く。

「そうです。まず右を見て、それからゆっくり左へ。後でカメラに同じ動きをつけますから」

「分りました。――この辺？」

「もう一歩中へ。おい、カメラ！」

「大丈夫です！　ライト、少し下げて」

と、カメラマンが言った。「おでこが光る。――そう、それでいい」

「じゃ、沢柳さん、初めからカメラ回します。見渡す速さを少しずつ変えて、三種類撮りますから、よろしく」

「ええ、いいわ」

「じゃ、本番！――スタート！」

低い位置のカメラが、そっと前進して布子に寄って行く。同時に布子は両手を前に組んで、広間の中をゆっくりと見回した……。

「――カット！」

と、寺山が言った。「じゃ、もう少し速く……」

――本番中は、誰しもカメラと役者の方に注意を向けている。

幸代は、隅の方へ寄って、広間の様子を眺めている若い女性の方をそっと見ていた。ポケットから何か手紙らしいものを取り出している。沢柳布子に手紙を渡そうというのだろうか？　しかし、ただのファンレターにしては妙だった。憧《あこが》れのスターを近くに見てワクワクしている、という風ではない。何とか手紙を渡す方法はないか、様子をうかがっているように見える。

手紙……。もしかして……。

幸代は、そのとき、玄関で足を止めている若者――あの、加賀和人に気付いた。足早に近付くと、加賀の腕を取って、玄関の外へ連れ出す。

「加賀君だったわね。お願いがあるの」

「天本さん……」

と、幸代は言った。

「何でしょう？」

加賀が面食らった様子で言った。

「はい、カット！」

と、寺山が言った。「沢柳さん、ＯＫです！」

「もう大丈夫？　あと二、三度やっといた方が良くない？」

と、布子が冗談まじりの口調で言った。

「余裕ですね」

「ええ、スターは余裕がなきゃね」

と、布子は笑って言った。「じゃ、今日はこれで終りね？」

「はい、そうです。明日は午後からで」

「ご苦労さま」

と、布子はスタッフの方へ声をかけた。

二木のぞみが布子のそばへ寄って、

「このまま戻られますか？」

と訊いた。

「ちょっと一息入れてからにするわ。控室にお茶菓子があったでしょ。もう一つ食べたい」

「分りました」

のぞみがついて、控室へ。

布子は椅子にかけると、

「お茶、淹れてくれる？」

と言った。

「さっきの温度ですね」

と、のぞみがしっかり肯いて、ポットを見ると、「お湯がずいぶん少ないですね。私、ちょっと沸かして来ます」

「無理しなくていいのよ」

「いえ、一度憶《おぼ》えたからには！」

と張り切って、のぞみは控室から出て行った。

布子は、置いてあった和菓子を一つつまむと、包装をはがして、

「小さめでいいわ。これぐらいでなきゃね……」

と、一人呟いた。

控室のドアが開いた。

「失礼します」

と、見たことのない女性が言った。「沢柳さんですね」

「ええ。あなたは？」

「あなた宛ての手紙を――」

と、その女性が言いかけたとき、

「待って」

と、幸代が入って来た。「その手紙は和田京介さんからね」

「え？」

「和田さんに頼まれたんでしょ？　手紙をこちらに」

「いえ……」

と、その女性は手紙を抱きしめるようにして、「じかに渡してくれと言われてるんです！　他の方には渡しません」

「幸代さん……」

「外を見に行ってもらいました」

と、幸代が言った。「この先で、和田さんが待っているそうです。——さあ、手紙を渡して」

「できません！」

その女性は必死の表情で後ずさった。

「幸代さん」

と、布子が言った。「その子、ただ和田さんに頼まれただけじゃなさそうよ。あなた、和田さんとはどういう関係？」

その女性は怯《おび》えたように布子と幸代を交互に見ている。

「別にあなたを責めてるわけじゃないのよ」

と、布子は言った。「手紙の内容は見当がついてるわ。あなたは……」

「私、浅井礼美といいます。和田一郎さんの……」

「息子さんの？　奥さん……じゃなさそうね」

「私……」

と言いかけて口ごもる。

「いいの。あなたは関係ないんでしょ、私と和田さんとの一件には。ただ、手紙を届けろと言われて来たのね」

礼美は黙って肯いた。

「分りました。じゃ、手紙をちょうだい」

と、布子は言った。「私にちゃんと渡したら、それでいいでしょ」

「布子さん――」

「いいの。今さら、手紙くらいで……」

布子は礼美から手紙を受け取って、すぐ封を切った。

「――和田さんは、息子のために、お金を借りようとしてるのよ」

と、幸代は礼美に言った。

「知ってます」

と、礼美は言った。「私、お腹に一郎さんの子が……。和田さんはとても親切にしてくれたんです」

手紙を読んでいた布子が、厳しい表情になった。

「こんなことを……。あの人……」

と呟く。

「――お待たせして！」

と、のぞみが入って来て、「あれ？」

その場の様子に面食らっている。

「布子さん、どうしたんですか？」

と、幸代が訊いた。

布子は黙って手紙を幸代の方へ差し出した。

「これを……」

「読んで下さい。構わないから」

と、布子は言った。「今さら、こんなことを……」

幸代はその手紙を受け取って、読み始めた。

16　ライト

それは全くの別人だった。

明るいライトの下を、颯爽《さっそう》と歩いてくる細身の姿。白いドレスが、ライトを反射してまぶしい。

プロだなあ……。

有里はその会場の隅の方に立って、ずっとショーを眺めていた。

あのモデル、結衣が出ているファッションショーの会場である。

モデルも十人以上出ているのではないか。むろん、服を取っ替え引っ替え出てくるのだから、正確に何人出ているか分らない。

しかし、若いとはいえ、中でも結衣が目立つ存在であることは分った。

まあ、本当なら——有里は今ごろ家で試験勉強していなければならないところだ。

しかし、M署で結衣と会って、祖母のことで色々話している内、

「これからショーに出るの」

と、結衣に言われた。「見に来る?」

これも社会勉強!——都合のいい言葉というのはあるものである。

結衣がM署へやって来たのは、小野寺法子のことを聞いたからで、

「法子さんには、危いことしないで下さいって話したんですけど……」

と、村上たちに言った。

滝口や、安原真人と一緒に食事したこと、法子との話についても、結衣は説明した。

そして、法子の容体がはっきりしたら知らせてほしいと頼んで、有里と一緒にM署を出たのだった……。

そして今、結衣はメイクもヘアスタイルも、別人のように華やかになって、人に囲まれたランウェーを行き来している。

有里も、ステージでライトを浴びることはあったが、こういう仕事とは全然違う。

どの服をどう着こなすか。――有里の目にも、それはそう簡単に身につくものではないと分った。

ショーは一時間と少しで終り、デザイナーと主催者が最後に登場して、拍手を受けていた。

会場を出た所で待っていると、結衣はびっくりするほどすぐにやって来た。

「すてきだったわ！」

と、有里は言った。「他にどう言っていいか知らないけど」

「ありがとう。でもまだ新人だもの」

と、結衣は微笑んで、「何か食べない？　外食すると叱られる？」

有里はためらわず、

「大丈夫！」

と答えた。

「良かった。会ってほしい人がいるの」

「え？」

静かな洋食の店だった。

「マリソルです」

と、その少女は会釈した。

結衣が親しいモデル。――殺された戸河純江の従妹《いとこ》だ。

やたら脚が長くて、モデルらしい印象は結衣以上だった。

「マリソルは若いもの。とてもかなわないわ、スタイルでは」

「そんな……」

「若いって言っても――」

と、有里が言いかけると、

「私、二十一。マリソルはまだ十九だもの」

二つしか違わない！

ピザやパスタを取って、分けて食べながら、結衣は有里のことを話した。

「ああ、戸河さんが有里さんのおかげで助かったって……」

と、マリソルは言った。

「別に私がどうしたってわけじゃ……」

と、有里はピザをつまみながら、「純江さんが、事件の前に何か話してませんでした？」

「さあ……。私、純江さんとは仲良かったんだけど、少し前から、辛《つら》そうだった」

「辛いって、どういうわけで？」

と、有里は言った。「あのギターの人……」

「そうじゃないと思う」

と、マリソルは言った。「悩んでたもの。純江さん、男の人のことは、うまくあしらう人だったの。でも、今度は真剣だって……」

「そう言った？」

「ええ」

と、マリソルは肯《うなず》いて、「そして、その分だけ、戸河さんのことも心配していたわ」

「ご主人のこと？」

「分るわよね、奥さんが本気で誰か好きになったら」

結衣の言葉が、いかにも大人らしくて、有里はちょっと面白くなかった。

私だって、それくらいのこと、分ってるわよ！

そう言いたい気持はあっても、食べる手は止らない有里だった。


「全く、あんたは探偵ごっこばっかりやって！」

と怒っているのは、もちろん文乃である。

「『ごっこ』なんかじゃないよ。真剣に考えてる」

と、有里は言い返したが、

「もっと悪いでしょ！　十六の女の子が、危いことに首を突っ込んで。万一のことがあったらどうするの！」

と、文乃をさらに怒らせてしまった。

「そうガミガミ言わないの」

と、幸代が取りなすように言った。「有里だって分ってるわよ。ね？」

「はい、お祖母《ばあ》ちゃん」

「もう、有里には甘いんだから……」

と、文乃はすっかりむくれている。

「ちゃんと勉強するよ」

「当り前でしょ。落第なんかしないでよ、みっともない」

有里が、結衣と夕飯を食べて来てしまったのも、文乃には面白くないのだ。

確かに、「食べて帰る」と、連絡するべきだったとは思っていた。

「有里、せめてお茶漬一杯ぐらい食べなさい」

と、幸代に言われて、

「はあい」

お腹は一杯だったが、一応お茶漬を食べることにして――。

「でも、お祖母ちゃん、その女の人はどうなったの？」

幸代から、沢柳布子に和田の手紙を届けに来た女のことを聞いていたのである。

「そんなこと、心配しなくていい！」

と、文乃は割って入ったが、

「まあいいから」

と、幸代は言った。「布子さんのことは心配してたしね、有里も」

「そうだよ！」

「あんたは、もう……」

と、文乃はこれ以上できないくらいの仏頂面になった……。

「もちろん、借金を頼む手紙だったんだけどね」

と、幸代は言った。「やっぱり、布子さんが連絡とれないようにしたので、和田も焦ったのね。──遠回しだったけど、昔の布子さんのあることをマスコミにばらす、って」

「卑怯《ひきよう》な奴！　それって、どんなこと？」

「誰にも言わないのよ」

「もちろん！」

「布子さんは、今さら、そんな話、誰も興味持たないから、放っとけばいいっておっしゃってたけどね」

と、幸代は続けて、「二十七、八のころ、布子さんはアメリカにしばらく行ってたことがあって、あるプロデューサーとの婚約も立ち消えになったの」

「それ、聞いた」

「そのとき、布子さん、アメリカで子供を産んでたのよ」

「へえ……」

「その当時は、未婚の母になるなんて、大変なことだったし、スターとしては終りだったものね。秘密にしておくしかなかったのよ」

「誰が父親だったの？」

「それは言わなかった。和田がそれを知ってたかどうかは分らないわ。ともかく、アメリカで産んだ子を、向うの施設に預けて帰国したそうよ」

「その子供って――」

「その消息が、施設が失くなってしまって、分らなくなったそうなの。布子さんも苦しんだでしょうけど、仕事に打ち込んで忘れることにしたって……」

「それって、五十年くらい前のことだよね。和田って、本当にひどい奴！」

「そうね。布子さんだって、置いて来た子のことを、すっかり忘れたわけじゃないでしょうしね」

「それで、どうしたの？」

「お金は貸せない、って短い手紙を書いて、その女の人に渡したわ。――後はどうするのか……」

「でも、村上さんが和田を逮捕するでしょう？」

と、有里は言った。

「もちろん、そうでしょ。ただ、直接の目撃者がいるわけじゃないので、あのマスクで、和田のＤＮＡ鑑定をするらしいわ」

「そうか……。でも、腹が立つ！」

「怒ってないで、お茶漬、食べなさい！」

と、文乃が有里をにらんで言った……。

「すみません……」

と、礼美はうなだれた。

「いや……。君のせいじゃないよ」

と、和田は言った。「それに、君はちゃんと手紙を渡してくれた」

「でも……」

「ああ。結局はむだだったがね」

「私……何もできなくて」

「いいさ」

和田は肩をすくめて、「要するに、私のことなんか、今の沢柳布子にとっちゃ、何でもないってことなんだ」

——礼美のアパートに帰って来ていた。

「でも……」

と、礼美は言った。「あの人に借りられないと、一郎さんは……」

「うん。どうしたもんかな」

和田は妙にサッパリした気分だった。

布子への、ある種の脅迫とも取れる手紙は、何の役にも立たなかった。いくら「秘密をばらす」と言っても、相手が「どうぞ、お好きなように」と開き直ったら、何の効き目もない。

確かに、今のテレビのワイドショーが、沢柳布子の半世紀も昔のスキャンダルなど、取り上げないだろう。

和田も、それは分っていた。それでも、和田がそんな話まで持ち出さなくてはならないということに、布子が同情してくれると期待していたのかもしれない。

「――ご飯、召し上りますか？」

と、礼美が言った。「下ごしらえしてあるんで、すぐできます」

「ありがとう。しかし……帰らないと、女房がね……」

「奥様から訊《き》かれるんじゃないですか？　お金は借りられたのか、って」

礼美の問いに、和田は答えられなかった。――少しして、

「食べて行こう」

と、和田は言った。

「ありがとうございます」

礼美は嬉《うれ》しそうに言った。「お役に立てなかったので、せめてお食事でもと……」

「そうか」

和田は肯いた。「――そうか」

「ハハハ」

と、少しわざとらしく笑ったのは、城所真奈である。

有里のクラスメイト。ということは、当然試験勉強の最中ということだ。

真夜中近く、二人はケータイで「息抜き」のおしゃべりをしていた。

「笑うな」

と、有里は言った。

「でも、有里のお母さん、怒るのも当り前だよ」

と、真奈が言った。「有里、用心してよ。何てったって、私たちまだ十六なんだからね！」

「分ってるわよ。でも――和田のことも腹立つけど、戸河純江さんを殺した奴も許せない」

「だから、それって刑事さんの仕事でしょ。有里があんまり深入りするのは……」

「試験が終るまでは忘れることにするよ」

と、有里は言って、「でも、純江さんが心配してたって……」

「ちっとも忘れてないじゃない」

「だから、この電話を切ったら、って話」

「じゃ、いつまでも切れないね」

「からかわないでよ」

「でも、奥さんが、その従妹の何とかいうモデル――」

「そう。その人にも分るくらい悩んでたって、そのことに、戸河さんは気付いてなかったのかな」

「家では隠してたんじゃないの」

「そうかなあ。まあ、あの、私たちが聞いた戸河さんの電話してたときの様子じゃ、何も気付いてなかったよね」

「うん、私もそう思う。だから、純江さんも相手の男と本気で付合ってたのかどうか」

「そうでなきゃ、家を出て行くなんて言わないでしょ」

「まあね」

と、有里は言った。

そして——ふと、ある考えが浮んだ。

「まさか……」

「え？——有里、どうしたの？」

「うん、ちょっと……」

「事件のことは、試験終ってからにね」

「そうだね……」

でも、有里の思いは、とりあえずしまっておくには深刻だった。

通話を切ると、有里は少し迷っていたが、思い切って発信した。

なかなか向うは出なかった。

やっぱりまずかったかな、と思ったとき、

「――もしもし」

と、眠そうな声が聞こえた。

「ごめん！　有里ですけど」

「ああ……。どうしたんだい？」

と、村上刑事は言った。

「眠ってたんでしょ？　ごめんなさい。どうしても黙ってられなくて」

「何かあったのかい？」

「あのね、戸河純江さんが殺された件なんだけど」

「うん、それが？」

有里は、結衣とマリソルに会って話したことを説明して、

「――マリソルさんの話だと、純江さん、とても辛そうだった、って」

と言った。「私、純江さんに好きな男性ができて悩んでたと思ってたんだけど」

「そうじゃないっていうの？」

「もちろんそうかもしれない。でも逆もあり得るって気がして」

「逆っていうと？」

「純江さんは、ご主人に好きな女性ができて、それで悩んでたのかもしれない、と思っ

たの」

「ああ……。なるほど。しかし、戸河さんは奥さんと電話で……」

「そのことなの」

と、有里は言った。「あのとき、私たちが通りかかって、戸河さんが電話してるのをたまたま聞いたと思ってた。でも、もし、そうでなかったら？　戸河さんが、私たちに聞こえるように、わざと大きな声で話してたとも考えられるでしょ」

「それはつまり……」

「あのとき、戸河さんは奥さんと話していなかったのかもしれない、ってこと」

有里の話を聞いて、村上は少し考え込んでいるようだったが、

「――そうだとすると、全く話は変ってくるな」

「うん。もちろん、私が間違ってるかもしれないけど」

「いや、可能性はある。――香月に話して、戸河の身辺を洗ってもらおう」

有里はホッとして、

「話せて良かった」

と言った。「起こしちゃったね」

「眠れそうもないよ」

と、村上は言った。「有里君は――」

「試験勉強の真っ最中」

「そうか。――頑張って」

「うん。それで、村上さん、和田の方のことだけど……」

「明日、和田にＤＮＡ鑑定することを話すよ」

「そう。それ聞いて安心した」

「君に心配させちゃいけないね」

と、村上は言った。「大丈夫。任せてくれ」

「うん。よろしく」

通話を切ると、有里は大きな欠伸《あくび》をして、「――勉強しようと思うと眠くなるのよね」

と呟《つぶや》いた……。

17　背信

「父さんはどこなんだよ！」

一郎の声は、母親の伸子を怯《おび》えさせるほど険しかった。

「分らないのよ……」

と、伸子は口ごもった。

一郎が珍しく朝から、親の家へやって来ていた。

「今日には何とかするって言ってあるんだ！　どうなってんだよ？」

「そうガミガミ言ったって……」

伸子も当惑していた。

夫が何の連絡もなく、帰って来ないのだ。こんなことは、現役のスターだったころはともかく、ここ何十年もなかった。

「頼りにならねえな、全く！」

と、一郎は吐き捨てるように言った。

「お前……。少しは心配したらどうなの？　もしかしたら、どこかで倒れてるかもしれないじゃないの」

と、伸子は言ったが、一郎は肩をすくめて、

「それならいっそ生命保険の金が入るかもしれないな」

「何てこと……。大体、何とかいう女の子のことまで、あの人に面倒みさせてるんだろ」

「そうか。礼美が何か知ってるかもしれないな。よし、行ってみよう」

父親の身など一向に気にかけるわけでなく、ただ、借金の返済のことだけが、一郎の関心事だった。

そのとき、玄関の方で音がして、

「帰って来たか！」

一郎は玄関へと出て行きながら、「おい！　何やってたんだよ！」

――伸子も急いで出て行くと、

「村上です」

「まあ、刑事さん……」

「刑事？」

一郎が顔をしかめて、「何の用だ、刑事が？」

「ご主人にお会いしたいんですが」

と、村上は言った。

「ＤＮＡ鑑定？」

村上の話に、一郎は面食らっていた。

「あの……何のお話でしょうか」

と、伸子は呆然《ぼうぜん》としている。

「ご主人は、Ｋ大病院で沢柳さんの付き添いをしていた女性を、階段から突き落として死なせた可能性があるのです」

村上の話に、伸子は言葉がなかった。

「それを調べるため、ぜひご主人のＤＮＡ鑑定が必要です」

と、村上は言った。「ご主人はどちらに？」

「それが……分らないんです」

と、伸子は言った。

「そうですか」

「あの……本当に主人がそんなことを……」

「おそらく間違いないと思います」

「その亡くなった方は……」

「まだ二十四歳でした。沢柳さんに会いに来たご主人を見咎《みとが》めて、引き止めようとしていたんでしょう」

「何てこと……」

伸子は青ざめた。

「刑事さん」

と、一郎は言った。「それって殺人になるんですか？」

「一郎さんですね。和田京介さんは、あなたのためにお金を必要としていた」

村上の言葉に、一郎はムッとしたように、

「そんなこと、あんたに関係ないでしょ」

と言い返した。「ともかく、親父が殺人犯なんてことになったら、それこそこっちの仕事にも差し支えます。借金だって、どうやって返したらいいのか……」

「お前は、お父さんのことを……」

伸子は言うべき言葉がなくて絶句した。

「——そうか」

と、一郎は言った。「これも礼美に訊《き》けば分るかもしれないな。いや、もしかしたら、親父、礼美の所にいるかも」

「誰ですか、それは？」

「浅井礼美っていって、僕の女なんです」

と、一郎は平然と言って、「あいつの新しいアパート、まだ行ったことないけど、住所は聞いてます」

「なるほど」

村上は半ば呆《あき》れながら、「では、一緒に行ってみましょうか」

「車、乗せてって下さいね。タクシー代が助かるんで」

「どうぞ」

村上は伸子の方へ、「もし、ご主人が戻られたら、私の方へ連絡して下さい」

「かしこまりました……」

伸子は、ほとんど放心状態で肯《うなず》いたのだった……。

「やあ、このアパートだな」

と、一郎はメモを見直して、「うん、なかなかいい所だ。あいつにゃ、もったいないけどな」

村上は車を降りて、

「留守かもしれないが、行ってみましょう」

と、先にアパートへ入って行った。

「——あ、その部屋だ。僕、呼んでみますよ」

と、一郎がドアの前に立って、チャイムを鳴らそうとしたとき、中からドアが開いた。

「あ……」

「礼美、いたのか」

と、一郎は言った。「放《ほ》っといて悪かったな。色々忙しくてさ」

村上は一郎を押しのけて、

「失礼。ここにもしかして和田京介さんが——」

「お客かい？」

と、声がして……。

一郎が唖《あ》然《ぜん》として、ランニングとパンツだけの父親を眺めた。

「お前……」

「一郎さん、お父様、帰りたくないとおっしゃって……」

「どういうことだ！」

一郎は礼美を脇へ押しやって上ると——布団を敷いたままになっている部屋を見て、

「おい、礼美。お前、親父と——寝たのか？」

と、目を見開いて言った。

「待って下さい」

村上は遮って、「和田京介さん、村上です。叶岐代さんが亡くなった件で、お話を伺いたい。一緒に来て下さい」

「それ、どういうことですか？」

と、礼美はわけが分らない様子で、村上と和田を見やった。

「おい、答えろ！」

と、一郎が怒鳴った。「親父と寝たのか！」

「その話は後にして下さい」

と、村上は言った。「和田さん、仕度をして下さい」

「和田さん——」

礼美が和田の方へ行きかけると、一郎がその腕をつかんだ。

「何て奴だ！」

「一郎！彼女を放せ！」

と、和田が言った。

「俺の女だ！お前は——」

一郎が平手で礼美の顔を打った。礼美がよろけて倒れる。

「何をする！」

と、和田が礼美へ駆け寄った。

村上がさすがに怒って、

「いい加減にしろ！」

と、一郎を突き飛ばした。「恥ずかしくないのか！」

そのとき、和田が、

「大変だ！」

と、声を上げた。「出血してる！　礼美、しっかりしろ！」

村上も、このややこしい状況に目が回りそうだった。

「まさか……こんなことになるとは」

と、ため息をついたのは、村上刑事だった。

「仕方ないわよ」

と、幸代が慰めた。

「しかし、刑事として失格ですよ。容疑者が逃亡するのを止められなかった」

「でも、村上さんが助けなかったら、その浅井礼美さんって人、命にもかかわることになってたんでしょ」

と、有里は言ったが、村上としては、高校生の女の子に慰められて嬉《うれ》しかったかどうか……。

病院の待合室である。——浅井礼美が、アパートで和田一郎に殴られて倒れ、そのショックで出血した。

村上は、和田京介をDNA鑑定のために連れて行かなければならなかったのだが、ひどく出血して意識を失いそうになっている礼美を放っておけず、ましてや一郎に任せてもおけなかったので、自ら救急車を呼んだ。

そして、礼美に付き添ってこの病院へやって来た。和田京介も一緒にやって来たのだったが、村上が医師に状況を説明している間に、どこかへ姿をくらましてしまったのだ。

村上からの連絡で、幸代と有里は病院へ駆けつけて来た。

「例のだめ息子は？」

と、幸代が訊くと、

「一郎も、まずいと思ったんでしょう。いつの間にかいなくなってました」

「そう。——本当にひどい奴ね」

と、有里が言った。

「でも、村上さんの判断は正しいわ」

と、幸代が言った。「まず出血しているあの礼美って子を救わなくては」

「そう言っていただけると……」

と、村上はやっと微笑んだが、「しかし、たぶん……流産の可能性が」

「おそらくね」

と、幸代は肯いた。「女の体はデリケートにできているのよ」

「憶《おぼ》えとくよ」

と、有里が真面目な顔で言った。

「しかし、きっと上司には叱られるだろうな」

「私が弁護してあげるわ」

と、幸代が言った。「それに、和田京介はそうとんでもない所へ逃げないでしょ。大丈夫。すぐ見付かるわ」

「一応、家は見張らせてますが……」

と、村上は言って、「それにしても、あの一郎って息子はひどい奴だ。自分が妊娠させておいて、彼女の心配より、借金のことばかり……」

「もう、これ以上、和田のことで沢柳さんに負担をかけないようにしないとね」

「あの、加賀って男の子にも見張らせるといいよ」

有里も人使いが荒いところは、幸代に似たのかもしれない。

そこへ、礼美を診た医師がやって来た。

まだ四十そこそこかと見える女医である。

「——何とか、お腹の赤ちゃんも無事でしたよ」

「それは良かったわ」

と、幸代が言った。「当人は産みたがっていたんでしょ」

「そうですね。しかし一郎は……」

話を聞いて、女医はふしぎそうに、

「父親はあなた？」

と、村上へ訊いた。

「いや、違います」

「じゃ……父親はどこに？」

「それが――いなくなっちまったんです」

「まあ！　最近はそういう男が多いのよね！」

と、女医は腹立たしげに、「そいつが、もし何かでここに入院して来たら、うんと痛い目にあわせてやる！」

この人ならやりかねない、と有里は思った……。

18　追い詰める

「ただいま！」

と、有里は元気に玄関を入って来た。

「お帰りなさい」

と、文乃が台所から出て来て、「どうだったの？」

「うん、帰って来た」

「見たら分るわよ。テスト、どうだったの、って訊《き》いたの」

「テスト？　終った」

と、有里は言って、「私、真奈と約束してるの。出かけてくるね！」

「有里――」

文乃がそれ以上言う前に、有里は二階へと駆け上って行った。

「全く、もう……」

と、文乃はいつもの通り、ため息をついて、

「お母さんが甘やかすから……」

言っても仕方ないということは分っている。それに、有里は学年トップにはなれないものの、そこそこの成績は取ってくるのだ。

有里はわずか五分後には着替えて、階段を下りて来た。

「晩ご飯はどうするの？」

「うーん……」

「成り行きね」

と、文乃は言って、「遅くなるようだったら、連絡してよ」

「うん、分った」

有里は早々と家を出た。

期末テストだったので、帰りが早い。

今朝まで、あんなに眠かったのに、テストが終ったとたん、頭はスッキリしていた。

ちょうどバスが来て、有里はうまく乗れた。

「やあ」

と、声がして、有里は顔を上げてびっくりした。

「加賀さん！」

あの加賀和人が乗っていたのだ。「どうしてこのバスに？」

「お使いさ。寺山監督に言われて」

加賀は有里の隣に座って、「今日は早いんだね」

「テスト最終日」

「そうか。活《い》き活《い》きしてると思ったよ」

「そんなに分りやすいかな、私？」

と、有里は笑って言った。「撮影現場はどう？」

「順調みたいだよ。沢柳さんが元気だしね」

「そう。だけど……」

有里としては、テストは終ったものの、今一つ、あれこれスッキリしない。

和田京介が、あの病院から姿を消したままで、見付かっていない。

流産しかけた浅井礼美は、「動かないように」と言われて、そのまま入院している。

幸代が力になってあげているのだ。本来なら、和田一郎に責任があるのだが、一郎も行方をくらましている。

「借金している先には、かなり危い所もあるらしいから……」

と、有里は加賀に状況を説明して言った。

「そういうことには係《かかわ》らない方がいいよ」

と、加賀は言った。「言ってもむだだろうけど」

「むだ」

と、有里は言った。

「君のお母さんから電話をもらった」

「母から？」

「君のこと、心配してるんだ」

有里は面食らって、

「そんなこと、ひと言も言ってなかったな」

と言った。

「心配してくれる人がいるって、すてきじゃないか」

と、加賀は言った。

その口調に、有里はどこか微妙なものを感じた。しかし、訊いていいものかどうか。

有里が黙ったのを見て、加賀の方が気付いたらしい。訊かれないのに、

「僕はあんまり母親と暮したことがないんだ」

と言った。「小さいころに別れてね」

「そう……」

「君はお母さんも、すてきなお祖母《ばあ》さんもいる。羨《うらやま》しいよ」

「一応親父もいるの。離婚してるし、入院してて、ほとんど会わないけど」

「でも、お母さんとお祖母さんで、充分両親分以上存在感があるね」

加賀の言い方に、有里は声を上げて笑ってしまった。

「よく分ってるね！」

「まあね」

「あ、ごめん」

有里のケータイが鳴り出したのである。――バスは空《す》いていたので、立って隅の方へ行くと、

「もしもし」

「あ、結衣です」

「どうも。今日、テスト終って」

「ちょうど良かった」

と、結衣は言った。「あの受付のバイトしてた友田アヤさん、憶《おぼ》えてるでしょ？」

「もちろん。辞めたんじゃ？」

「辞めて、次のバイトを探してるそうなんだけど、どうやって調べたのか、アヤさんに、あの安原真人から連絡があったんですって」

「え？　それって危いですよね」

「私もそう思う。でも、どうしようかと思ってね」

「私、あの香月さんって刑事さんに連絡してみます。というか――村上さんから伝えてもらって。アヤさんは何て？」

「安原真人が、あのホセ・滝口のギターリサイタルのスポンサーになるそうなの。で、受付をやってたアヤさんに、手伝ってほしいって」

「滝口が安原真人に教えたんですね、きっと。分りました。急いで連絡します」

「ありがとう。アヤさんには、大学の用があると言って断っとけば、と言ったんだけど」

「でも、安原真人が係ってるって証拠がつかめるかもしれませんね」

と、有里は乗り気になったが、

「危いことはだめ！　あの小野寺法子さんみたいなことになったら……」

「はい。充分気を付けます！」

話していると、そばに加賀がいた。

「また何かやろうっていうんだね？」

「悪だくみしてるみたいに言わないで」

と、有里は言って、村上へ電話した。

「村上さん？　今日、テスト終ったの」

まずこれを言わないと。村上も文乃から散々文句を言われている。

結衣からの電話の内容を伝えると、

「そいつは危い話だな」

「でしょ？　だけど、安原真人が何を考えてるか――」

「君は乗り出しちゃだめだよ」

と、村上に言われてしまった。「香月と話して、友田アヤに連絡する。任せてくれ。いいね」

「了解しました」

と、わざと堅苦しく、「でも、ちゃんと対処してよ」

と言って切ると、加賀が笑いそうになっている。

「刑事に向って、そういう口をきくんだね」

「そりゃそうよ。公僕だもん」

と、有里は言った。

加賀と会ったので、有里は真奈へ連絡して、撮影現場に行くことにした。

「――あら、有里も来たの」

幸代が有里の顔を見て、嬉《うれ》しそうに言った。

「テスト終ったから。――沢柳さんは？」

「今、二階で本番よ」

と、幸代は言った。「現場が狭いの。下で待ってましょ」

沢柳布子のための控室に入って、有里がお菓子をつまんでいると、

「つまみ食いして！」

と、真奈が顔を出した。

「早かったね」

「うん。車で来た。永田さんの」

「エリのお父さんの？」

「うん。ついでにエリも一緒」

と言い終らない内に、永田エリが顔を出した。

「みんなテストが終ると元気ね」

と、幸代がそれを見て笑った。

「また大変だもの。明日から、クリスマスのイベントのための練習がある」

と、有里は言った。

「まあ、忙しいわね。名探偵とコンサート？」

「お祖母ちゃんの孫だからね」

と、有里は言い返した。

ワイワイとお菓子をつまんでいると、沢柳布子が二木のぞみと一緒に入って来た。

「あら、にぎやかね」

と、布子は微笑んだ。「いいのよ、のんびりしてて」

「布子さん、お疲れよ」

と、幸代が言うと、有里がパッと立ち上って、

「もう出かけるところだったんで。失礼します」

「失礼します！」

有里について、真奈とエリも控室を出て行く。

「——いい子たちね」

と、布子が言った。「あの子たちに、沢柳布子ってスターがいたってことを、憶えておいてほしいわ」

有里たち三人は、駅ビルの中を歩いていた。

お腹が空いているわけではないが、こういう場所に来ると、

「やっぱり、何か食べなきゃ」

という話になる。

駅ビルの二階、三階がレストラン街。高級店ではなく、甘いものの店もいくつかある。真中が小さなスペースで、ベンチがある。そして——。

「あれって……」

有里が足を止めて、「和田京介だ」

まさか、と自分でも思ったが、間違いない。

和田京介は一人でポツンとベンチに座っていた。

「——どうする?」

と、真奈が言った。

「うん……。ずっとあそこにいるとも限らないしね」

しかし、和田は背中を丸めて、力なく腰かけているように見えた。有里たちにも気付いていないが、それより目の前を通る客や、駆け回っている子供たちのことも、まるで見ていないようだった。

ベンチの周りを走って、追っかけっこをしていた七、八歳の子供たちの一人が、和田の前を駆け抜けるとき、手にしていたプラスチックの箱が和田の肩に当った。

その女の子はちょっとギクリとした様子で、和田に叱られないかとチラッと振り返った。

しかし、和田は全く気付いていないかのようで、その女の子を見もしなかった。

女の子はホッとしたように、また駆けて行った。——親はその辺にいるのだろうが、注意もしない。

「何か変だね」

と、真奈が言った。「眠ってる？」

「そうじゃないよ。きっと——疲れて動けないんだよ」

と、有里は言った。

「そうか……。何日か逃げてるんだものね」

「どこかに泊るにしても、そんなにお金、持ってないんじゃないかな。家に帰れば捕まるし」

エリがちょっと首をかしげて、

「私、何だかあの人、お腹空いて動けないみたいな気がする」

と言った。

「ああ、そうかもしれない」

ともかく、ひと回り小さくなってしまったかのようで、有里もちょっと哀れになった。でも、和田に突き落とされて死んだ女性がいるのだ。

有里は気を取り直して、

「村上さんに連絡しよう」

と、ケータイを取り出したが、そのとき、和田がフラッと揺れるように立ち上ったのである。

「有里！　どうする？」

　と、真奈が有里の腕をつかむ。

「逃がさない！　後、つけよう」

　といっても、和田はどこへ行くというあてもないようで、五、六歩行っては足を止め、レストランの食品サンプルを眺めては、また五、六歩進んで足を止める。

「――よっぽどお腹空いてんだ」

　と、エリが言った。

「うん……」

　逃げ出すような元気はとても残っていないだろう。――ともかく、有里は村上へ電話した。

「――和田京介が？　分った！　すぐそっちへ警官をやるから」

　と言われて、有里は、

「すぐ……でなくてもいいかも」

　と言った……。

　震える手でスープを飲み、チャーハンを夢中でかっ込む和田の姿には、かつてスターだった面影はかけらもなかった。

「ありがとう……」

和田はかすれた声で言った。「こんなに旨《うま》いものを食ったのは、生まれて初めてだ」

「素直に自白して下さいね」

と、有里は言った。「今、お店の外に、村上さんが来ています」

「そうか……」

と、和田は息をついて、「では……私が食べるのを待っていてくれたのか？」

「私がそう頼んだんです」

「そんなことを……。どうして……」

「思い出してほしかったから。あなたが階段で突き落とした叶岐代さんは、もう食べることもできないんですよ。死んでしまったんですから。分ります？」

和田の目から大粒の涙がこぼれた。

「――じゃあ、行きましょう」

と、有里は言った。「ここは私が払っときますから」

「すまん……」

和田はテーブルにつかまって立ち上ると、「あの子……浅井礼美はどうしたか、知ってるかね」

と訊いた。

「流産しかかったけど、何とか大丈夫でした。今は入院してて、絶対安静です」

「そうか……。あの出血じゃ、死んでしまうかと思った。良かった……」

村上が店に入って来た。

「村上さん、もう食べ終ったよ」

「有里君。君はやっぱり普通の子じゃないね」

と、村上は言うと、「後は引き受ける」

と、和田の腕を取った。

和田は行きかけて、有里の方を振り返ると、

「ありがとう……」

と、頭を下げた。


「良かったわね」

と、幸代は言った。

「うん」

と、有里は肯《うなず》いて、「村上さんからメールが来て、和田京介が素直に罪を認めてるって」

「そう」

と、幸代は言った。「奥さんの伸子さんは気の毒ね。あの人も以前は女優だった」

「それより、頭に来るのは息子の一郎だよね！」

「どこに行ったか分らないの？」

「大方、どこかの女の所だろうって。でも、いずれ出て来るでしょ」

そこへ、

「ちょっと！」

と、文乃が声を上げた。「食べるかしゃべるか、どっちかにしてくれる？」

自宅での夕飯の席だった。

「はい！」

と、有里は言って、食べることに専念した。

食事を終えて、幸代は息をつくと、

「ちょっと心配なことがあるの」

と言った。

「何？」

「布子さんがね、さすがに疲れがたまってるのか、血圧が上ってるの。内山先生は心配してるけど、何しろもう時間がね」

「撮影中断？」

「もしかするとね。でも、布子さんご自身が、今やめるつもりはないの。内山先生に交渉して、一回の撮影時間を短くして続けるつもりよ」

「凄《すご》いなあ。命がけだね」

「そうなのよ。ともかく撮り終えるまでは頑張るでしょ」

と、幸代は言った。「ここまで来たんだから、何とか無事に撮り終えてほしいわ」

有里のケータイが鳴った。

「村上さんだ。——もしもし」

と出ると、

「有里君、びっくりしないでほしいんだが」

と、村上はやや重苦しい口調で言った。

「どうしたの？」

「和田一郎が刺された」

「え？」

思わず声を上げていた。「それで——死んだの？」

「いや、重体だが、何とか命は取り留めるだろう」

「そう……。でも、誰が？」

「一郎は、かなり危い所から借金していた。それが、返すめどが立たなくなって、いわば見せしめだな」

「刺した犯人は——」

「うん、逮捕した。一郎の奥さんにも連絡しなきゃいけないし、厄介だよ」

「とんでもない話だね」

と、有里は言って、「ちょっと待って」

　村上の話を幸代と文乃に伝えると、

「代って」

　と、幸代が有里のケータイを受け取って、「村上さん、幸代です。一郎が刺されたと知ったら、布子さんが気にすると思うんです」

「なるほど。自分がお金を貸さなかったからだと……」

「そんな風に考える必要はありませんが、やはり布子さんとしては――」

「分ります。事情をうまく説明してさし上げた方がいいですね」

「あなたから布子さんに話してあげて」

「私からですか？」

「私が話せば、却《かえ》って布子さんが気にされます。刑事さんが話してあげた方が」

「なるほど。分りました」

「その後のことは、私の方で心配するようにします。他の人から聞くより前に、あなたから」

「では、これから病院へ伺って、お話ししましょう」

「ありがとう。そうして下さい。私は、少し遅れて伺うようにします」

　幸代はケータイを有里に返して、「有里も行く？」

「うん、もちろん」

　それを聞いていた文乃が、ため息をついて、

「いい加減に……」

と、グチを言いかけたが、むだだと思ったのか、やめた。

「文乃。あなた、車を運転してくれない？　病院まで」

「私が？　いいけど……。じゃ、仕度するわ」

有里は、祖母が母を「のけ者」にしないよう気をつかっていることに気付いていた。

「ね、有里。村上さんはよくできた人だわ」

「え？」

「布子さんに和田一郎のことを知らせるのに、電話するだけでもすむのに、すぐに病院へ行くと言ってくれた。なかなかできることじゃないわよ」

「そうか……」

有里は、幸代が村上のことをほめてくれて、何だかちょっと嬉しかった。

――村上より早く着いてもいけないので、三人は三十分ほどして出かけることにした。

車の運転は文乃も得意である。

病院へ向う途中、有里のケータイに、結衣からかかって来た。

「――滝口が？」

あのギターのホセ・滝口が、友田アヤに連絡して来たというのだ。

「安原真人から頼まれたのを、アヤさん、断ったの。もちろん、香月って刑事さんがそうするように言ったそうだけど」

と、結衣は言った。「そしたら、滝口からも頼んで来たって。何だか、怪しまれるって分ってないみたいね」

確かにそうだ。有里は、よっぽど「私が代りに」と言いたかったが、反対されるに決っている。

「あの——誰か手伝う人がいればいいんですよね」

と、有里は言った。「男の人でも」

有里は加賀のことを考えていたのである。

19　不信のとき

沢柳布子の病室の前に、村上刑事が立っているのを見て、有里はちょっと心配になった。和田一郎が刺されたことを村上から聞いて、布子の具合が悪くなったのかと思ったのだ。

しかし、村上がいつもの微笑で迎えてくれたのでホッとした。

「ご苦労さまです」

と、幸代が先に言った。

「いや、沢柳さんの方が恐縮していましたよ。天本さんがわざわざ……」

「好奇心の塊なんですの。うちの家族は」

と、文乃が言った。

「布子さんは……」

「ええ、お待ちですよ」

――ゾロゾロと入って行くと、ベッドのそばの二木のぞみが立ち上った。

「まあ、皆さんで」

と、布子がびっくりしたように、「ごめんなさい、わざわざ……」

「とんでもない」

と、幸代は言った。「却《かえ》って安眠妨害してます？」

「いいんですよ、もちろん」

と、布子は言った。「でも……とんでもないことですね」

「布子さんが責任を感じることはありませんよ」

「ええ、当然です」

と、布子は肯《うなず》いて、「私、腹を立ててるんです。いい年齢《とし》をして、親からお金をむしり取ることしか考えてないなんて！」

「本当ですね」

と、幸代が肯いた。「大人になれてない男の多いこと」

「あの息子が痛い思いをするのは自業自得。でもご両親は心配でしょうね」

「布子さんがそうおっしゃっていた、と必ず伝えますよ」

と、幸代は言った。

――有里は、布子が思っていたより動揺している風でなかったので、ホッとした。

そして、一人で廊下に出ると、

「村上さん」

「やあ、ご苦労さん」

と、村上が言った。

「あの、ギターの滝口のこと……」

「うん、聞いた」

と、村上は肯いた。

「アヤさんに行かせちゃいけないよね。もちろん私も――」

「だめだめ。君は本当に大胆だからな」

「ほめてるの、それ？」

と、有里は訊《き》いた。

「さあ……。どうかな？」

と、村上が首をかしげる。

正直なんだから！　有里は笑ってしまいそうになった。

「それで、村上さん。私、ちょっと考えたんだけど」

「何だい？」

〈ありがとう。じゃ、明日、午後六時にRホールの入口で。待ってるよ。滝口〉

メールを返して、滝口はホッとした。

〈Kカルチャー〉のロビーの椅子にかけて、滝口はケータイから発信した。

「――何だ」

と、不愛想に出たのは、安原真人だった。

「やっと承知させたよ」

と、滝口は言った。

「例の女の子か」

「ああ。バイトの手当てをあげてやったら、それなら行きます、って。金次第だな」

「誰だってそうさ。じゃ、うまくやれよ」

「ああ、大丈夫。任せてくれ」

滝口としては、めったに口にしない言葉だった。今はそう言わざるを得ない。

「その代り――リサイタルの方、頼むよ」

と、滝口は念を押した。「ホールも押えちゃったんだから」

「それより、自分の腕前の心配しろよ」

と、真人は小馬鹿にしたような口をきいた。「ソロリサイタルだぞ。弾ける曲だけでもつのか？」

「おい……。何十年やってると思ってんだ」

と、滝口はムッとした気持を何とか抑えて、冗談めかして言った。「何なら一晩中だって弾いてられるぜ」

「まあ、しっかりやれ」

と、真人はろくに聞いてもいないように、「親父の名前に泥を塗るような演奏はするなよ」

と言って、切ってしまった。

滝口は思わず顔をしかめて、

「いい気なもんだ」

と、吐き捨てるように言った。「自分は弾けないくせに！」

受付の窓口の女性が笑いをこらえているのにも、滝口は気付かなかった。

――ソロリサイタル。

今の滝口にとって、この機会を逃したら、まず開けないだろう。自分でも分っているから、安原真人の言うことを聞くしかないのである。

確かに、真人の言ったことも事実だ。滝口はもうずいぶん人前で弾いていない。

このカルチャーで教えるぐらいのことはできても、リサイタルとなれば、まとまった曲集やソナタをプログラムに入れなければならない。

あと二か月で、準備ができるのかどうか。しかし、やらなければならない。

すべては金だ。ホールを一人で借りるだけの余裕は、今の滝口にはない。ホールを借りて、当日の照明やマイクの料金もある。一応チケットを売るのだから、その印刷費。

もちろん、ソロリサイタルといっても、今の〈ホセ・滝口〉の名前で客は来ないだろう。チケットの大半は、コネを頼りに買ってもらうか、損を承知で配るしかない。

安原真人が父親に話して、そのリサイタルの費用を持ってくれることになった。

その代り……。

あの受付の小野寺法子から、クラブに誘ったのが、滝口と安原真人だと聞いていた友田アヤに口止めすること。

「厄介だな、全く」

と、滝口は呟《つぶや》いた。

それでも、一旦《いったん》引張り出して一対一で話せば、うまく丸めこむ自信はあった。女の子の扱いにかけては、正直、ギターの腕より確かだった。

そこへ、

「先生、こんにちは」

と、ギターケースをさげた女の子がやって来た。

安原が回してくれた新しい生徒で、女子大生。ほとんどギターが上達する可能性はないが、ちょっとキュートで可愛い。

「やあ！　それじゃ教室に行こうか」

滝口はそれまでの仏頂面とはうって変ってニコニコしながら立ち上ると、その女の子の肩に軽く手をかけて言った。

そんな滝口を見て、受付の女性は笑っているのを見られないように、うつむいた……。

こっちから見付けて近寄ったと思わせないこと。

有里は、その点、演劇部できたえられている。

「やあ、有里君」

と、戸河が手を振った。

有里は「誰かに呼ばれた？」という顔で周囲を見回した。

「ここだよ」

と、戸河がもう一度声をかけて、

「ああ、戸河さん」

やっと気が付いた、という風に、「今日も出番？」

ロケ現場である。

有里は、ちゃんと今日戸河が来ていることを調べてあった。

「エキストラは、何でもやるのさ」

と、戸河は言った。「時代劇だって、同じ奴が何度も斬られるだろ」

戸河は、有里の話で、自分が無罪放免になったと思っているから、有里に好感を持っているはずだ。

「今日は何の役？」

「この屋敷の芝生の草むしりをするアルバイト学生の役だよ」

「じゃ大学生？」

「顔のアップがあるわけじゃない。それに、大きな麦わら帽をかぶってるから、ほとんど顔は見えない」

「そうか。大学生にはちょっと老けてるかなと思った」

と、有里は言った。「撮影もあと少しですね」

「そうだね。沢柳さんが日に日に凄《すご》みを増してるよ」

そう。それは有里も現場に入って感じた。

何としても、この映画を完成させる、という気迫がある。

もちろん、それだけエネルギーを注げば、疲労もたまる。監督の寺山は、沢柳布子の出るシーンを最優先で撮るように、スケジュールを組み直していた。

その分、一日に撮るシーンが増えて、布子には負担かもしれないが、途中で倒れることだけは、どっちも避けたいのだ。

「どうなってるのかな……」

と、有里はさりげなく言った。

「何のこと？」

「純江さんのことです。もちろん」

という有里の言葉に、

「ああ。――その後の捜査はどうなってるのかな」

戸河は有里に言われて思い出した様子で、ちょっとわざとらしく、「考え出すと落ち込んじゃうんでね」

と付け加えた。

「でも――戸河さん、誰か思い当る相手っていないんですか？」

「相手？」

「つまり……純江さんとお付合してた人」

「そうだなあ……。お互い、食べていくだけで精一杯だと、なかなか気付かないんだ。まさか、自分の女房がね……」

「戸河さんは？」

「僕？　僕がどうだって？」

「うん。だって、もてそうじゃない、戸河さん」

「おいおい。そういうことは、監督の前で言ってくれよ」

と、戸河は苦笑まじりに言った。

「でも、誰か見たって……」

「――見た？　何を？」

「戸河さんが若い女の子と歩いてたって。もちろん誰なのか分らないけど」

「そりゃあ……女の子と出歩くこともあるさ。でも、こんなしがないエキストラに寄って来るもの好きがいると思うかい？」

「それもそうね」

有里の言葉に、戸河は笑った。しかし、有里の「戸河が女の子と歩いていた」という言葉には、ちょっと表情を硬くした。

「あ、ＡＤさんが呼んでますよ」

「うん。じゃ、行くか」

戸河は伸びをして、「今日はずっといるの？」

「コーラスの練習があって」

と、有里は言った。「じゃ、頑張って」

戸河に手を振って見せる。

すると――肩をポンと叩《たた》かれ、振り向くと加賀が立っていた。

「聞いてたぞ」

と、加賀はちょっと有里をにらんで、「危いことはしない、って約束したじゃないか」

「してないよ、別に」

と、有里はとぼけて、「それより、大丈夫？ 六時に――」

「Rホールの入口だろ。分ってるよ」

あの友田アヤの代りに、加賀に行ってもらうことにしたのだ。

「じゃ、ちょっと打合せる？」

と、有里は愛想よく、「何かおごるわ。甘いもの、好き？」


六時を十分過ぎていた。

滝口はRホールの入口の前で、三十分以上待っていた。

「畜生……。早く来い」

と、思わず呟く。

今どきの女子大生だ。約束の時間に遅れるくらいのことは珍しくない。滝口もカルチャーで教えていて、生徒が連絡もしないで休んだり、遅れてきたりするのにしばしば遭遇していた。

だからといって、怒ったりすればすぐに辞めてしまう。

「いい加減な奴が多いよ……」

自分のことは棚に上げて、文句を言っていると――。

長身の若い男が足早にやって来るのが見えた。

——やれやれ、いつになったら……。

「滝口さんですか？」

その若者に言われてびっくりする。

「そうだけど……」

「加賀といいます。友田アヤさんに頼まれて来ました」

滝口はポカンとしていたが、

「つまり、君は……」

「アヤさん、当日やっぱりどうしても抜けられない用事があるそうで。僕が代りに、ということで。よろしくお願いします」

明るく言われると、滝口は怒る気にもなれず、

「いや、それは……。参ったな。てっきり彼女が来るもんだと……」

「でも、コンサートの受付でしょ？　僕、そういうバイト、やったことあるので、大丈夫ですよ。具体的なこと、教えて下さい」

「そうだね……。じゃ、彼女は来ないんだね」

「別に女の子でなくても、同じですよね？」

「まあね……」

そう言われると、まさか友田アヤに口止めしたかったのだとも言えず、「じゃ……よろしく頼むよ」

「はい！　このホールでやるんですか？」

「うん……。そうなんだ」

「いいですね！　僕もエレキギターはロスにいたころ、バンド組んでやってたんですけど、やっぱりアコースティックギターって、うるさくなくていいですね」

「ああ……。まあね」

滝口は、Rホールの楽屋口の場所などを教えながら、どうしたものかと考えていた。

これ以上友田アヤにこだわるのは危険な気がした。

何といっても、小野寺法子があんなことになったので、友田アヤが用心していることは分っていた。当然のことだ。

友田アヤを無理に引張り出そうとすればどうなるか……。

仕方ない。――とりあえず、この若者は、リサイタルの手伝いとしては役に立ちそうだ。

安原真人から訊かれたら、

「ちゃんと話をつけたから」

と言っておけばいい。

真人はいちいち確かめやしないだろう。

それに――リサイタル当日だって、どうせ真人は来やしないのだ。

金さえ出してくれれば、滝口としては文句がない。

他にしようがないので、滝口は加賀という若者に、仕事の説明を始めたのだった……。

20　加　速

〈クリスマス・コンサート〉のために、さすがの有里も事件にそう係《かかわ》っていられなくなった。

「時間がないんだからね！」

先輩が何度もくり返す。

歌や踊りは、今の子はある程度得意だ。

演劇部に入ってくるとき、

「ミュージカル、やりたくて」

と言う子が少なくない。

部員確保のためには無視できない。

もちろん、本格的なダンスをするわけではないが、やっている間に、何となくさまになって来るからふしぎだ。

「天本さん」

と、帰りがけ、先輩に呼ばれて、

「はい？」

と、足を止める。

「あなた、ラストのナンバーのソロに入って」

「え？」

「今のままだと声のバランスが悪い。お願いね」

先輩に言われていやとは言えない。

「――凄《すご》いじゃない」

と、真奈に冷やかされる。

「大変だ。風邪ひけないや、絶対」

帰りはいつも真奈、エリとの三人連れだ。

〈クリスマス・コンサート〉には、「新部員獲得」という目的がある。いささか深刻なお芝居だけでなく、「楽しく歌って踊る」という姿を見て、

「私もやりたい！」

と思う子がいるのだ。

今どき、クラブ活動に熱中する子はそう多くない。有里にしても、勉強そっちのけで打ち込んでいるわけではなかった。

ともかく、〈クリスマス・コンサート〉の後は、たいてい三、四人の子が、入部したいと言って来るのだ。

三人で駅に向っていると、車が寄って来て、

「有里君」

「あ、村上さん。どうしたの？」

「小野寺法子の具合が大分良くなって、話ができる状態だと連絡があった。行くかい？」

「もちろん！」

真奈たちと別れ、村上の車に乗る。

——薬の作用で、意識が混濁していた小野寺法子だったが、幸代のすすめでK大病院に入院していた。

沢柳布子を診てくれている内山医師が診察して、治療は若手の専門医に任せている。

「最新の治療薬がよく効いたらしいよ」

と、村上がホッとした様子で言った。

「良かった」

と、有里も安堵《あんど》する。

「しかしね、有里君。君だって、危いことに係り過ぎると、同じ目にあわないとも限らないんだよ」

と、車を走らせながら村上が言った。

「それは……」

と、有里は言いかけて、「だって、私には村上さんがついてるもの」

と、やり返した……。

病院の入口で、友田アヤと一緒になった。

「責任感じちゃって」

と、アヤは涙ぐんでいる。

「君のせいじゃないよ」

と、村上が慰めて、アヤの肩を叩《たた》く。「ともかく、彼女の話を聞こう」

有里はそれを見て、「村上さん、アヤさんに触ってる！」と、いささか面白くなかったが、そこは大目に見ることにした。

――病室の前の廊下に、小太りな香月刑事の姿があった。こんな寒い時期なのに、汗をかいて、ハンカチで額を拭《ぬぐ》っている。

「ご苦労さん」

と、村上が言った。「今は？」

「ええ、大丈夫ですよ。気分的にも落ちついているようです」

病室へ入って行くと、ベッドを少し起こして、小野寺法子が目を開けていた。

「法子さん！」

と、友田アヤが真先に駆け寄って、「ごめんなさいね！　こんなことになるなんて、私……」

「アヤちゃんたら……。あなたのせいじゃないわよ。そんなこと、気にしてくれてたの？」

法子は、少し疲れた感じではあったが、表情も穏やかだった。

「大変だったね」

と、村上が声をかけると、法子は、

「村上さん。――心配かけてすみません」

と、手を伸して村上の手をギュッと握った。

あれ？　有里はそれを見て、「ここにも村上さんのファンがいるわ」と思った。

「あのカクテルがおかしかったんだと思います」

と、法子は言った。「飲んですぐ、気分が悪くなったんです」

「何か入ってたんだね」

「きっとそうです。で、私、トイレに立って……。洗面台の所で顔を洗いました」

法子はちょっと辛《つら》そうに、「そのとき――誰かに後ろから……。頭に何か袋みたいなものをかぶせられて、何も見えなくなったんです。そして、暴れる余裕もなくて、怖くて身を縮めてると、腕にチクッと痛みがあって、注射されたんだ、と思いました……」

と、法子はちょっと目を閉じて、

「もうそれきり……。何も分らなくなって……。自分を取り戻したのは、このベッドの上です」

「ひどいことして！」

と、アヤが腹を立てて、「滝口の奴、引っかいてやる！」

「君にそんなことをした人間の顔は見なかったんだね？」

と、村上が訊《き》いた。

「ええ……。見えませんでした。注射打たれたら、もうその瞬間に意識を失って……」

「安原真人にも話を聞きましたがね」

と、香月が言った。「トイレに立ったきり、彼女が戻って来ないので、どうしたのかと思ってたら、店の人間が『気分が悪いので先に帰る』と言って来たと……」

「そんなことだろう」

と、村上は肯《うなず》いて、「しかし、その手の薬を手に入れられるということは、まず間違いなく、自分でもマリファナくらいはやってるだろう。じっくり監視して、必ず現場を押えてやるよ」

静かな口調ではあるが、強い怒りをこめていることが感じられて、有里は嬉《うれ》しかった。

「もう……他の人がこんな目にあわないように……」

と、法子が息をついて、「有里さん、気を付けて下さいね」

「え？　私？」

「〈危険を買う女〉なんだって誰かが言ってました」

「そんなこと、どこで……」

と、有里は言って、村上をにらんだ。

「僕じゃないよ！」

と、あわてて否定する村上がおかしく、法子がちょっと笑った。

病室の中の重苦しい空気が消えたようで、有里はそっぽを向いて聞かないふりをするしかなかった。

病院からの帰り、有里は村上に頼んで、映画のロケ現場に寄ることにした。

「自分で帰るからいいよ」

と、村上の車を見送って、ロケ現場の屋敷へ入ってみると、今日はもう撮影が終ったとみえて、誰もいなかった。

「何だ……」

今日は早かったのね、と肩をすくめて、「帰ってから、お祖母《ばあ》ちゃんに訊こう」

この数日、コンサートの練習で、撮影を覗《のぞ》いていなかったのだ。

仕方ない。――表に出ようとしたとき、屋敷の奥の方で、何かが壊れるような音が大きく響いた。

何だろう？

あの音は、ガラスでも割れたかのようだった。

誰かが残っていてもおかしくはないが……。

有里はもう一度、屋敷の中へと入って行った……。

有里は、屋敷に入った辺りで足を止めた。

何かが壊れるような音がしたのは、どっちだろう？

撮影が終れば、電気代ももったいないので明りは消えている。――もともと空いていた屋敷なので、本当に真暗になってしまう。

外ももう夜になろうとしていた。

「気のせいかな……」

有里はしばらく耳を澄ましていたが、何も聞こえないので、肩をすくめて、出て行こうとした。

そのとき――はっきりと、

「いや！」

という女性の叫ぶ声を聞いた。

それは「いや」と言っているのか、それとも悲鳴なのか、どっちとも分らなかったが、少なくとも女性の声であることは確かだった。そして、それは屋敷の階段の上、二階の方から聞こえて来た。

有里は、何か危険なことかもしれないと思ったが、確かめずに通報できない。暗がりの中、それでもわずかに残る表の明りに浮び上る階段を、急いで上って行った。

ガタン、ガタン、と何かがぶつかる音がする。

二階へ上ると、廊下の奥のドアが一つ開いていて、そこから明りが廊下へ射していた。

「いやだ……いやだ……」

女性の声が、そこから洩《も》れてくる。

半分泣いているような、怯《おび》えた声だ。何ごとだろう？

有里は、足音をたてないように、そっと近付いて行った。

女性のすすり泣く声。ガタン、ガタン、と同じリズムで何かがぶつかるような音……。

有里は息を呑《の》んだ。明らかに、女性が誰かに犯されているとしか思えない。

こんな所で……。開いたドアから、そっと中を覗く。

古い家具がしまってある部屋らしい。乱雑に並んだソファやテーブルの間に、女性にのしかかって激しく動いている男の姿が覗いた。

明りが家具に遮られているので、影の中だったが、女性のむき出しの白い下半身が見えた。

「もう……やめて……」

かぼそい声が聞こえた。男の荒い息づかいが、ラジオの雑音のように聞こえている。

放ってはおけない。しかし、有里一人で男を相手に争えないだろう。

何か――何か方法が。

ともかく、男の注意を引きつけるのだ。

有里は廊下を階段の方へ戻って行った。古い屋敷なので、壁ぎわに脚の付いた灰皿が置いてある。重いが、何とか持ち上げられた。

途中に、上半分に曇りガラスのはまっている戸があった。有里は灰皿の脚を両手で持つと、力一杯振り回した。

灰皿がガラスを粉々にした。この音で、男はびっくりするだろう。

有里は廊下に灰皿を投げ捨て、階段を駆け下りた。

「――誰だ！」

男の怒鳴り声が聞こえて来る。

有里は屋敷から表に飛び出し、外の通りへ出た。まだいくらか明るい。

男はズボンをはかなければならない。すぐには出て来られないだろう。

有里は屋敷の門から走って離れると、ケータイを取り出して、一一〇番通報した。

だが、警察はすぐに駆けつけては来ないだろう。あの女性はどうしただろう？

黙って隠れてはいられなかった。――自分一人で立ち向って、逆に殺されたら？

そうは思ったが、恐怖より怒りの方が有里を突き動かした。

屋敷へと戻って行く。

門の手前まで来たとき、男の声がした。

「いいな！　誰にも言うな！」

女性を脅しているのだ。「分ったな！　しゃべったら、お前を殺してやるからな！」

——有里は顔から血の気のひくのを感じた。

その声が誰のものか分ったからだ。

戸河康士の声だった。いつもの人なつっこい声とはまるで違っていたが、しかし、間違いなく戸河だ。

「分ったか！　黙ってるんだぞ！」

という声がして、女性がよろけるように門から出て来た。

映画のロケスタッフの女性だ。泣きながら歩いて行く。

有里は立ちすくんでいた。

戸河が……。あんな男だったのだ。

やっぱり。戸河が妻を殺したのだ、と有里は思った。

有里たちに聞こえるように、妻へ電話しているふりをした。それを信じてしまったことに、有里は腹が立った。

しかし——そのとき、有里は目を疑った。

門から、戸河が出て来た。戸河は、有里がガラスを割るのに使ったあの重い灰皿を持っていたのである。

——殺すつもりだ！

有里は愕然《がくぜん》とした。戸河は、あの女性を脅したものの、しゃべられては困ると思って、二階からあの灰皿を取って来たのだろう。

逃げるように歩いて行く女性の背後へと、戸河は大股《おおまた》に迫って行った。

黙って見ているわけにはいかない！

有里は道の真中へ出ると、

「やめて！」

と、力一杯怒鳴った。

戸河が驚いて振り返る。有里は、足を止めて振り向いた女性に向って、

「早く逃げて！」

と叫んだ。「殺される！　急いで走って行って！」

女性は戸河を見て、足がもつれそうになりながら、それでも懸命に駆け出した。

戸河が息を弾ませて、

「俺の邪魔をしたな！」

と、有里をにらんだ。

「女しか殺せないの！　卑怯《ひきょう》者！」

と、有里は言った。「一一〇番したわ。自分で白状したのも同じね。純江さんを殺したって」

「何だっていうんだ！」

「気が付いたのよ。あなたはわざと純江さんと話しているふりをして、それを私たちに

見せたんじゃないかってね。村上刑事さんも、分ってる。あなたのことを調べてるわ。逃げられないわよ！」

戸河は怒りで顔を真赤にして、

「分るもんか。お前をここで殺せば、誰かが疑ったとしても証拠なんかない」

「強がり言ったって、分ってるでしょ。もう諦《あきら》めるのね」

——逃げなきゃ、と思っていた。

必死で走れば、戸河は追いつけないだろう。でも——有里は両足を踏んばって、動かなかった。

こんな卑劣な男に背中を見せて逃げたくなかった。有里は正面から戸河をにらんでひるまなかった。

戸河が灰皿の脚を両手で持ち直すと、有里へ向って——。

そのとき、

「こっちだ！」

と、声が飛んで来た。

有里は目をみはった。戸河の背後に現われたのは、加賀だった。

戸河が、有里と加賀の間で、うろたえている。そして、灰皿を振り上げると、加賀に向って振り下ろした。

有里は加賀が倒れるのを見て息を呑んだが、それは殴られたせいではなかった。灰皿をよけると同時に地面に身を伏せて右足で戸河の向うずねをけった。

戸河が痛さによろけて前のめりになる。加賀は飛びはねるように立ち上ると、戸河の肩をつかんで、引き起こし、拳《こぶし》で顎《あご》を殴りつけた。

戸河が灰皿を取り落とし、地面に仰向《あおむ》けに倒れると、顎を押えて呻《うめ》いた。

有里は駆けつけると、落ちていた灰皿を拾い上げて、

「おとなしくしてないと、これでぶん殴るからね！」

と振り上げた。

「分った！　やめてくれ！」

戸河が倒れたまま両手を振った。

加賀が右手の拳を振って、

「久しぶりだったから、痛いよ、こっちも」

と言った。

「ありがとう！　戸河が――」

「うん。女の人が出て来たのを見た。それで身を隠してたんだ。しかし――危いじゃないか！」

「だからって、放《ほ》っとけないでしょ」

と、有里は言い返した。

そして、そのとき、

「サイレンだわ。パトカーが来る」

有里は自分がひどく汗をかいていることに初めて気付いた……。

「本当にもう……」

文乃としては、文句を言わざるを得ないのも当然のことだった。

「今夜はやめて」

と、有里は言った。「疲れたの。明日、叱られてあげるから」

「どういう態度？」

と、文乃は仏頂面で、「いいわよ。言ったってむだなんだから、どうせ」

聞いていた幸代が笑って、

「どっちも、ちゃんと折り合いなさい。有里のおかげで、殺人犯が分った。それはいいことだわ。でも、有里は刑事じゃないのよ」

「身にしみてる」

本当に、自分でも、あのときよく戸河と正面から対決できたものだと思う。思い出しても冷汗が出るほどだ。

「加賀さん、ありがとう」

幸代は、家まで有里を送って来てくれた加賀に礼を言った。

「いえ、たまたま居合せたんで」

と、加賀は照れたように、「喧嘩《けんか》にはアメリカで慣れてましたし」

「良かったら、夕飯、食べて行かない？　お礼としては、ささやかだけど」

「ありがとうございます！」

と、加賀はニッコリ笑って、「実はお腹ペコペコだったんです」

「文乃の料理は、結構いけるわよ」

「待ってよ。突然言われたって、材料が……」

と、文乃は口を尖《とが》らせて、「ま、何かこしらえましょ。三十分待って」

「もちろんです」

――幸代は加賀をアトリエに連れて行った。

加賀がぜひ見たいと有里に言っていたのだ。

「――感激です」

と、加賀はアトリエの中を見回して、「K大病院の壁画も拝見しました」

「ありがとう」

と、幸代は微笑んだ。

「ね、お祖母ちゃん」

と、有里は言った。「加賀さんを描かない？」

加賀がびっくりして、

「とんでもないよ！」

と言った。「記念に写真を撮るのとはわけが違うよ。天本幸代さんに、そんなこと—

—」

「じゃ、私の絵を持っていてくれる？」

と、有里が言った。「私のこと、忘れないように」

「忘れられやしないよ。こんな無茶する女の子」

加賀の言葉に、幸代は笑った。

「——あ、これ、沢柳さん」

簡単なスケッチだが、沢柳布子の肖像画がテーブルに置かれていた。加賀がじっとそれを見つめている。

「差し上げましょうか」

と、幸代が言った。

「え？　でも……」

「あなたのお祖母様でしょ？」

有里が愕然として、加賀を眺めた……。

21

クランク・アップ

沢柳布子が静かに口を開いた。

「扉を閉じましょう。——またいつか、誰かが開けてくれる日まで……」

そして、屋敷の玄関の両開きの扉をゆっくりと閉じる。

カチリ、と音をたてて扉が閉じた。

——しばらく、何の物音もしなかった。

やがて、その静けさを破って、

「カット！」

と、寺山の声が響いた。「OK！」

ホッと息をつく大勢の呼吸音が現場に溢《あふ》れた。

寺山は歩いて行くと、布子が閉じた扉を開けた。

「沢柳さん……」

「今ので良かった？」

と、布子は訊《き》いた。

「完璧《かんぺき》です！」

寺山は布子の手を取って、スタッフへ、「沢柳さんの出番、これですべてアップ！」

と宣言、大きな拍手が沸き上った。

「いつもは僕が花束を渡すんだけど」

と、寺山は言った。「今日は特別だ」

布子の方へ花束を手に進み出たのは、加賀和人だった。

「あなた……」

「僕の誇りです。お祖母《ばあ》様」

加賀が花束を渡す。布子はそれを受け取って、そのまま加賀を抱きしめた。

「――お疲れさま」

と、声をかけたのは、内山医師だった。

幸代に言われて、ここへ来ていたのだ。

「沢柳さん、あまり興奮するのはいけません。感激は何回かに分けて」

「無理言わないで、先生」

と、布子は涙ぐんで笑いながら、「充実した時間よ。存分に味わいたいわ」

「それは結構ですが、病室で血圧を測ってからにして下さい」

「はいはい」

と、布子が振り向いて、「幸代さん――」

「ご一緒しますよ」

と、幸代は布子の花束を預かると、「車を回してあります」

「あなたはいつもパーフェクトね」

布子は、幸代の肩を抱いた。

「ちょっと待って！」

と、呼びかけたのは有里だった。「全員で記念撮影！」

「でも、まだ撮影は残ってるのに」

と、布子は言った。

「布子さん抜きじゃ、記念にならないですよ」

有里に促されて、二木のぞみがスタッフとキャストを集めた。

――よく晴れた日だった。風もなく、冬にしては日射しが暖かい。

「せっかくの上天気だ。表で撮りましょう」

と、寺山が言った。

屋敷の玄関前に集合。一番前の列の中央に、当然のことながら、布子と寺山が並ぶ。

「あなたたちも入って」

と、布子が加賀と有里を手招きする。

「でも……」

と、加賀がためらうと、

「みんなで一緒に撮影した映画よ」

と、幸代が言った。「有里も端っこに入りなさい」

「じゃ、遠慮なく」

有里は加賀を真中の方へ押しやり、自分は端に立った。

「あ……」

と、隣で振り向いたのは、あのとき戸河にレイプされた女性スタッフだった。

「ああ……」

「ありがとう、あのときは」

と、その女性が言った。「殺されるところだったわ」

「いえ」

有里は、少し口ごもって、「もっと……早く、声をかけられてたら……」

「いいえ。あなたまでどんなことになってたか。——本当に感謝してます」

すっかり元気そうなその女性の笑顔に、有里はホッとした。

「はい、撮りますよ！」

と、この映画のカメラマンが、スチルカメラを三脚にセットして、セルフタイマーのボタンを押す。

何ともレトロなフィルムのカメラである。

タイマーのジーッという音に、

「懐しい音ね！」

と、布子が微笑んだ。

そして全員がお互いに向い合って拍手した。有里は目頭が熱くなるのを感じた。

シャッターが切れる。

「では病院まで」

と、内山医師が促した。

「はいはい。——それじゃ」

車に乗り込みながら手を振る布子へ、惜しみない拍手が送られた……。

幸代は同じ車に乗って行った。——有里は車を見送っていたが……。

いつの間にか、加賀がそばに来ていた。

「あなたは行かないの？」

と、有里は訊いた。

「僕は映画のスタッフの一人だからね。アルバイトでも。撮影が終るまでは現場にいないと」

「真面目ね。でも、後で病院に顔出してあげないと」

「うん、もちろん」

有里は、改めて加賀の顔をまじまじと眺めた。祖母は、加賀の顔立ちをひと目見て、沢柳布子に似ていると思ったというが、有里の目には、「そう言われてみればそうか」

という程度でしかない。

もちろん、幸代は注意して加賀の様子を観察して、布子を見ているときの眼差《まなざ》しに特別なものを感じていたのだ。

ともかく顔の広い幸代である。どこでどう調べたのか、加賀の生い立ちを知って、布子がアメリカに残して来た娘の子に違いないと思ったのだった。

加賀は、母親から布子のことを聞いていた。しかし、母親は、

「迷惑をかけちゃだめ」

と言っていたらしい。

その母親が亡くなって、加賀は日本へやって来た。もちろん、あの日撮影現場を訪れたのは、布子を見るためだったが、思いがけず、布子を事故から救って、そのまま近くで働くことになったのだ……。

「——ともかく、撮り終えて良かった」

と、加賀は言った。

「ええ。ご本人も、今の年齢になって主演作を残せて嬉《うれ》しいと思うわ」

と、有里が言った。「ただ、疲れが出なきゃいいんだけど……」

そこへ、

「やあ」

と、車から降りて来たのは、村上刑事だった。

「村上さん、残念ね。もう少し早く来れば、感動的なシーンが見られたのに」

「いや、有里君を見てれば、いつもハラハラさせられるからね」

と、村上は言った。

「それって、皮肉？」

「まあ……それはともかく」

と、村上は咳払《せきばら》いして、「戸河は自供を始めてるよ」

「良かった」

「後、残った仕事は——」

「滝口や安原真人のドラッグの問題ね」

「その通り。しかし、有里君は手を出さないでくれよ」

と、村上は先手を打って、「後はこっちに任せてくれ」

「あら、警察が頼りないから、私が力になってあげてるんじゃないの」

と、有里は言い返した。「それで？　どういう作戦なの？」

有里の目が輝いているのを見て、加賀が笑った。

すでに視界がぼやけ始めていた。

「何だ……。ここ、照明がおかしいんじゃないか？」

かなりもつれる舌で、ともかく滝口はそう言ったつもりだった。

「──何て言ったの？」

滝口にぴったりくっついている女の子が、耳元で大声を出した。滝口が飛び上りそうになって、

「おい！　そんなでかい声出すなよ！　耳がどうかなっちまう」

と、文句を言った。「ミュージシャンは耳が命なんだ」

「何て言ってんのか、分んない」

どっちも、言葉がはっきりしないので、いい勝負だった。

「ミュージシャンが聞いて呆《あき》れるぜ」

と言ったのは、安原真人である。「お前、リサイタルなんかやれるのか？」

「え？　──何だよ、いきなり。そんな言い方、ないだろ」

滝口は「リサイタル」と聞いて、多少頭がしっかりして来た。「俺は──ちゃんとやってる。稽古《けいこ》してるぞ」

「せいぜいしっかりやれ」

と、真人は言った。「金は自分で工面しろよ」

「──何だって？」

滝口はショックで目を見開くと、「何言ってるんだ。あんたが金を出してくれるって……」

クラブの中は、埃《ほこり》とも煙ともつかないもので、かすんでいた。

「あの女の子を連れ出すって約束だったぞ。それを破ったんだ。金は出さない」

「アヤのことか？　それは——」

「ちゃんと聞いてる。男を雇ったってな」

「それは……仕方なかったんだ。だって、何も……リサイタルの日じゃなくたっていいわけだろ？　ちゃんと口止めするから。——なあ、今さら中止になんかできない」

「知るか」

　と、真人が冷ややかに笑った。

「そうか……。俺を馬鹿にしてるんだな！」

　滝口はフラフラと立ち上った。「俺がひと言、警察へ行ってしゃべりゃ……お前も親父さんもおしまいだぞ。畜生、人を見下しやがって！」

　勢いが止まらなくなっていた。——回って来たな、と真人は眺めていた。

「何だ……。地震か？」

　よろけた滝口は、「逃げなきゃ……。地下だぞ、ここは……」

「さっさと逃げろよ」

「逃げるとも……。みんな……天井が崩れて、下敷きになるぞ。早く……早く……ここから出ねえと……」

　滝口はツルッと足を滑らせて、仰向《あおむ》けに引っくり返ると、もう起き上れなかった。

「引っくり返った亀だな」

真人は笑って、「おい」

と、店の人間を呼ぶと、

「表へ放り出せ」

と言いつけた。

がっしりした体格の男二人が、滝口の手足を持って、出口の方へ運んで行く。

「——あの人、どうなるの？」

と、女の子が訊いた。

「知らねえよ。その辺の池にでもはまって、溺《おぼ》れ死にするかもな」

「へえ。ちょっと可哀そうじゃない？」

「身から出たさびだ」

真人はカクテルを飲んだ。「おい、これから俺の別荘へ行かないか」

「別荘？　すてき！」

「朝まで遊ぼうぜ。——おい、車だ」

真人は店の人間にハイヤーを呼ばせた。

「滝口の奴は？」

「公園の池に。心臓をやられるかもしれません」

「酔って飛び込んだのなら、自業自得だ。おい、女を連れてくぞ。二人——いや、三人だ」

「承知しました」

いい加減酔った真人は、結局女の子三人を連れて、クラブを出た。

救急車が大学病院へと向っていた。

「心臓は？」

「大丈夫です。でも、もう少し水に浸《つか》ってたら、危なかったですよ」

隊員同士の会話が、滝口の耳にも入っていた。――胸が苦しくて、口がきけない。

ドラッグだ。ただの酒じゃない。

畜生！　俺を散々こき使いやがって！

使い道がなくなったら、捨てるのか。しかも、この真冬に、池の中へ投げ込むなんて……。

溺れてもおかしくなかった。深くはないが、今の滝口には、しっかり立つことさえできなかったからだ。

それに、冷たい水で、心臓をやられるところだった。寒がりの滝口が、特別な下着を着込んでいたのが、命を救ったのだ。

そして何より――滝口もふしぎだったのだが――滝口を池へ放り込んだクラブの男たちが引き揚げて行くと、すぐに救急隊員が池に入って来て、滝口を助け出し、救急車で病院へ向ったことだった。

どう見ても、救急車が待機していたとしか思えないのだが……。

「――着くぞ」

という声がして、救急車が大きくカーブした。

救急車から降ろされると、ストレッチャーで病院の廊下を進んだ。

「意識は？」

と、看護師の一人が訊いた。

「あるようです。――名前は？　あなたの名前！」

看護師が怒鳴った。その声が滝口の頭の中で雷鳴のように響いた。

「でかい声は……やめてくれ」

とぎれとぎれに言った。「声が……でかく聞こえる……」

「分ったわ。名前は？」

「滝口……。ホセ・滝口……」

「こんな所で芸名名のってどうするの」

という声がした。

ストレッチャーについて歩いていたのは、アヤだった。

「君か……」

「法子さんにひどいことして！　許さないからね！」

そう言うと、アヤは平手で滝口の頬を打った。

「痛い！　やめてくれ……。ドラッグのせいで頭が……」

「自分のせいでしょ！　反省しなさい！」

　アヤが二度、三度と滝口の頭を殴った。

「――もうその辺で」

　と、それまで黙っていた看護師が言った。「それ以上叩《たた》くと、後遺症が残るかも……」

「構やしません」

「冗談じゃない！　おい、助けてくれ！」

　滝口は泣きごとを言いながら運ばれて行った。アヤがそれを見送ると、

「代表して殴ってくれてありがとう」

　と、やって来たのは結衣だった。

「少しは胸がスッとした」

　と、アヤは言った。「滝口にドラッグを飲ませた――」

「安原真人ね。クラブから女の子を三人連れて、別荘へ行ったそうよ」

「捕まらないのかしら？」

「別荘で、当然ドラッグをやろうとするでしょ。そのときに現行犯逮捕するって」

「ああ、なるほど」

「連れてった女の子の一人は警官なの。ドラッグが出て来たら、別荘の周辺に待機してる刑事たちに、すぐ連絡することになってるって」

「やった!」

と、アヤは嬉しそうに、「法子さんの敵を討った!」

22 年の終りに

「今年は……」

と、文乃が言いかけると、

「大変だった!」

と、幸代と有里の二人が同時に続けた。

そして、二人で笑い出した。

「何よ……。『もう終りね』って言おうとしただけなのに」

と、文乃が苦笑いした。

「だったら、『今年も』って言わなきゃ」

と、有里が訂正する。

「口やかましい子ね。私の娘とは思えない」

文乃はそう言って、「ともかく、来年は物騒なことに係《かかわ》り合わないでね、二人とも」

「お母さんだって、学園の事件のときは――」

「もう忘れたいの！　言わないで」

――天本家の三世代は、都心のホテルで食事をしていた。

有里も、〈クリスマス・コンサート〉を無事に終えて、もう学校も冬休みに入っていた。

「有里」

と、幸代が言った。「あの加賀って子とは会ってないの？」

「お母さんたら、そんな、たきつけるようなこと言って」

と、文乃が顔をしかめる。「有里はまだ十六なのよ」

「だって、まだ〈影の円舞曲〉の撮影が終ってないんだもの」

と、有里は肩をすくめて、「年内に撮り終ろうとして大変だって。連日深夜の二時三時らしいよ」

「そんなこと知ってるのは、連絡取ってるからね？」

「メールが入って来るの。終ったらお祖母ちゃんも一緒にご飯でも。いいでしょ？」

「もちろん。私もあの映画に係ってるんだからね」

と、幸代が言った。「でも、もう私のすることはないわ」

「沢柳さん、具合どうなの？」

沢柳布子の出番はすべて終っているが、やはり疲れがたまっていたのか、「当分は面会謝絶」と、内山医師から言って来ていた。

「今日は血圧も大分落ちついて来たそうよ」

「良かった。せっかくの主演だものね。映画が完成したら、ちゃんと……」

「ええ。回復したら、完成披露試写会に出席されるわよ、きっと」

「すてきだろうね！　私も出る！」

「そうね」

幸代はワインを飲みながら、「今度の主演で話題になって、沢柳さんの昔の出演作の上映会が開かれるそうよ」

「じゃあ……あの和田京介とかが出てるのも？」

「たぶんね。――映画の中じゃ、誰も年齢《とし》を取らない」

「私も出演すりゃ良かったな」

と、有里は言って、文乃ににらまれた。

――滝口の話で、安原真人が小野寺法子にドラッグを飲ませたことも明らかになり、真人は別荘での現行犯で逮捕された。

真人の父親も、音楽の世界から身をひいてしまった。――そう。むろん、ホセ・滝口のリサイタルは幻と終り、当然、加賀のアルバイトの予定も、なくなったのである。

「でも、忘れてはいけないわ」

と、幸代が居住いを正して、「戸河に殺された奥さんもだけど、沢柳さんを守ろうとして亡くなった、叶岐代さんのこと」

「ああ、そうだね」

と、有里が肯《うなず》く。「和田京介も、殺そうと思ったわけじゃないだろうけど、岐代さんを死なせた罪はちゃんと償わせなくちゃ」

「小野寺法子さんが回復したのは良かったわね」

「それと……もう一人、戸河に乱暴されたあの女性スタッフ」

と、有里は言った。「私、ずっと気になってた。もう少し早く止める方法がなかったかな、って」

「人生は、何でも思い通りには進まないのよ」

と、幸代は静かに言った。「有里は、ちゃんとやれるだけのことをやったと思うわ」

「そうよ」

と、文乃が眉《まゆ》をひそめて、「下手したら、有里が同じ目にあってたかも――いえ、殺されてたかもしれない。あんたが先に死んだら私も後を追うからね」

有里は、母の真剣な眼差《まなざ》しと口調に、ちょっとびっくりして、打たれた。

「はい。気を付けます」

と、有里は神妙に言った。

「いやに素直で気持悪いわね」

「お母さん！　文句ばっかり言わないでよ」

と、有里は母をにらんだ。

「忙しいこと」

と、幸代が笑った。

すると、幸代のケータイが鳴った。

「まあ、寺山監督からだわ」

と、幸代が出て、「――もしもし。――まあ、そうですか！　おめでとう」

幸代の口調で、映画が撮影を終ったらしいと分った。

「――ええ、それは結構なことね。では私も伺いますよ。それでは向うで」

幸代は通話を切ると、「文乃、車を運転してくれる？　沢柳さんに、映画がすべてクランク・アップしたって報告に行くそうだから」

「これから？　――まあいいけど」

と、文乃は言って、「どうせ有里も行くんでしょ」

訊《き》くも愚か、というところか。

病院の夜間受付に車をつけると、すぐにタクシーが停って、寺山が降りて来た。

「ちょうど良かったわ」

と、幸代が言った。「一緒だったわね」

「天本さんにも、色々お世話になって」

と、寺山は言った。「改めてお礼に……」

「そんなこといいんですよ。まだこれから大変なんでしょ?」

「ええ。編集作業がありますから。でも、これが楽しいんですよ」

寺山が明るく笑った。

「じゃ、行きましょう」

天本家の三人と、寺山はエレベーターへと向った。

「――沢柳さんのおかげです」

と、エレベーターの中で、寺山が言った。「あの方抜きでは、企画そのものが成り立たなかった」

「沢柳さんも喜んでおいでですよ。まさか、主演で映画が撮れるなんて、思ってらっしゃらなかったでしょうからね」

「喜んでいただける作品になったと思います。スクリーンで沢柳さんにお会いするのが楽しみです」

何日も徹夜が続いたはずだが、寺山は疲労がどこかへ飛んで行ってしまったかのようだった。

エレベーターを降りると、

「内山先生が待っててくれているはず」

と、幸代は言ったが、目の届く所には見当らない。「じゃ、ともかく病室に行ってみましょ」

沢柳布子の病室に向うと、看護師がやって来て、

「まあ、お揃いで」

「沢柳さん、お会いできます？」

と、幸代が訊く。

「たぶん……。さっきは眠っておいででしたけど」

「じゃ、ちょっと覗《のぞ》いてみます。もしおやすみなら、無理に起さないで帰りますから」

布子の病室のドアをそっと開けると、幸代は中を覗き込んだ。明りは点《つ》いている。

「寝てらっしゃるようね……」

と、小声で言って、中へ入る。

有里たちも続いた。

ベッドのそばに寄って、幸代は布子の方へ身をかがめた。

「ぐっすり寝てらっしゃるわね」

「じゃ、帰る？　でも、寺山さんが……」

と、有里が言った。

「いや、僕はまた明日にでも……」

「クランク・アップのご報告をね。――沢柳さん。布子さん」

と、幸代は呼んだが、「――大丈夫かしら」

「どうしたの？」

と、有里が寄って行く。

「何だか……少しも動かない……」

幸代は、布子の肩に手をかけて、「――布子さん。――沢柳さん、起きて」

軽く揺さぶったが、布子は全く反応しなかった。幸代が青ざめて、

「有里！　急いで人を呼んで！」

「お祖母《ばあ》ちゃん――」

「早く！　様子がおかしい」

「分った！」

有里がドアへ駆けて行くと、一杯に開けて、

「誰か！　誰か来て下さい！」

と叫んだ。

「まさか……」

寺山が真青になる。「そんなこと……」

「内山先生を呼んで！」

と、幸代が有里の方へ言った。

すると――。

「どうしたの？」

と、声がした。

幸代がベッドの方へ目を戻すと——。

布子が目を開けて、

「騒がしいわね。何かあった？」

と言った。

「沢柳さん！　——びっくりした！」

幸代が胸に手を当てて、「目を覚まされないので……」

「眠れなくて、睡眠薬もらったの。効いたみたいね……」

と、布子は言って、「どうしたの？　みんなキョトンとして……」

有里が笑い出した。

内山医師と看護師が駆け込んで来たのは、二、三分後のことだった。

「——まあ、心配かけてごめんなさい」

布子も、すっかり目が覚めてしまったようで、「幸代さんたちまで、びっくりさせちゃったわね」

「いいえ、私が早とちりを……」

と、幸代が言うと、

「お母さんもドジすることがあるって分ってホッとしたわ」

と、文乃が言った。

「我々がしっかり見ていますよ」

と、内山が言った。「そう簡単に逝かせやしません」

「僕も寿命が縮むかと思いましたよ」

と、寺山が言った。「沢柳さんには、プレミアでレッドカーペットを歩いていただかなくちゃ」

「そうだわね」

と、布子は微笑んで、「自分がどうスクリーンに映るか、確かめない内は死ねないわ」

「そうそう、肝心のご報告を」

と、寺山が思い出して、「〈影の円舞曲〉は無事クランク・アップしました。今、配給会社と打ち合せてますが、二月にプレミア、三月半ば公開という線で進めています」

「プレミアのときは、試験中でも行く！」

と、有里が宣言した。

「――本当にお世話になりました」

寺山が布子のそばへ進み出て、深々と頭を下げた。

「お礼を言うのはこっちよ」

と、布子が穏やかに、「主演映画を、七十六になって撮れるなんて……。私は幸せ者だわ」

「来年は喜寿ですね」

と、幸代が言った。「記念の映画なんて、すばらしいわ」

「いいですね！〈喜寿のヒロイン！〉って宣伝に使おう」

と、寺山が笑って言った。

そのときケータイが鳴って、寺山があわてて、

「すみません！」

と、病室から飛び出して行った。

「――幸代さん」

と、布子が言った。「和田さんはどうしてる？」

「今になって、色々後悔してるようです。でも、死んだ人は帰って来ません」

「そうね。ただ――伸子さんは、息子も大けがをしてるんでしょう？もし、何か助けてあげられることがあったら……」

「分りました。弁護士さんと話してみますね」

と、幸代は肯いた。「すっかり起こしてしまいましたね。もう一度、ゆっくりやすんで下さい」

「大丈夫よ。もう、これからはいくらでも寝られるわ」

「撮影が終ったから、加賀和人さんも、ここへ来るでしょう」

「ねえ……。びっくりだったわ。私の孫が、アメリカで……。でも、生きている内に会えて良かった」

そこへ、寺山が戻って来た。何だか微妙な表情をしている。

「どうしたんですか？」

と、有里が訊く。

「あ……いや、ちょっと」

と、寺山はベッドのそばに寄って、「あの、沢柳さん……」

「どうかした？」

〈影の円舞曲〉のプロデューサーからで……。沢柳さん主演の企画が三つも来てるそうなんですが……。これ、お伝えするだけですけど」

「まあ……」

誰もがしばし唖《あ》然《ぜん》としていたが——。

「それで——」

と、布子が言った。「ギャラはいくらですって？」

病院から家へ戻る車の中で、有里のケータイに加賀からかかって来た。

「——じゃ、編集の勉強を？」

「うん、寺山監督について、編集を学ぼうと思ってるんだ」

と、加賀が言った。

「じゃ、しばらくは忙しいのね」

「でも、時間は作れると思うよ。ゆっくり会いたいけど……」

「私、まだ十六だから、家にご飯食べに来て。お母さんも安心するし」

ハンドルを握っている文乃にも、当然聞こえている。

「もちろん。嬉《うれ》しいよ。また連絡する」

「うん。頑張って名監督を目指してね」

と、有里は言った……。

半ば眠っているようだった幸代が、

「デートぐらい遠慮しなくていいのよ」

と言った。

「だって、結構忙しいんだ、私。真奈とも約束あるし。そうだ、あのモデルの結衣さんにも、ファッションショーに呼ばれてる。モデルにスカウトされたらどうしよう」

有里の言葉に、運転している文乃は、

「好きにしなさい」

と言った。

「へえ。いいの、好きにして」

「殺されるよりはましだからね」

文乃はそう言って、空《す》いた夜道で車のスピードを上げた。

解説

池《いけ》澤《ざわ》春《はる》菜《な》

　これぞまさしく赤川次郎《あかがわじろう》！
　軽妙で洒脱《しゃだつ》、恐ろしくテンポが良くて、山盛りの登場人物に入り組んだプロットなのに、すらすらぐいぐい読めちゃう。当たり前の顔をして実はすっごいことをさらりとやってのける……そうだ、赤川作品はこうだった、と云《うん》年、もしかしたら十云年ぶりの感触をしみじみと噛《か》みしめました。

【赤川作品は、単純計算で全世界の４％が読んでいる。日本国民で言うなら、一人３冊ずつ。】

　荒唐無稽《こうとうむけい》な数字のようですが、実はちゃんと裏付けがあります。２０１５年の新聞インタビューに、「著作の累計発行部数は３億３０００万部を超えている」とあったのです。２０１５年時点でこの数字だから、今はもっと増えているはずだけど、とりあえず世界と日本の人口で割ってみた結果が【全世界の約４％と、全日本国民約３冊ずつ】。年齢関係なく頭割りしただけなので、実際はもっと凄《すご》い割合になるはず。

もちろんわたしもその中の一人です。一人、と言うか、日本国民としては、五〜六人分くらい担当しているかもしれない。

小学生の頃夢中で読んだ「三毛猫ホームズ」シリーズ、コバルトから出ていた「吸血鬼」シリーズ、初めてブラック赤川を読んで震え上がった『白い雨』、『死者の学園祭』『ふたり』……600冊以上ある著作、きっとこの本を読んでいる皆様にも、これぞというお気に入りの1冊があるはず。

これだけたくさんの人を惹《ひ》きつけて止まない赤川作品、その最大の魅力は何か。もちろん無類に読みやすい文体や、ポップな会話、ぐいぐいページを捲《めく》らせるスピーディーな展開、いろいろあるでしょうが、一番は純化された共感性にあるんじゃないかと思うのです。

まずは前作、『三世代探偵団 次の扉に棲む死神』を読んでいない、もしくは少し時間がたって忘れちゃった、という人のためにも、簡単な振り返りを。

物語の中心となるのは、天本《あまもと》家の三人、天才画家の祖母・幸代《さちよ》、のほほんとした母親の文乃《ふみの》、そしてちゃきちゃき元気の良い高校生の有里《ゆり》。とある舞台に出演していた有里と文乃、だが上演中に女優が殺されてしまう。文乃の代役を務めていたその女優は、もしかして文乃と間違われて殺されたのか。怪しい動きをしている有里の父親（つまり文乃の元夫）に、有里の学園の不審なお金の流れ。不純な愛憎、裏で蠢《うごめ》く反社会的組織、欲得いっぱいの関係、入り組んだ人間模様とどんどん起こる新たな事件……天本家の周りはトラブルの観光名所なのか、次から次へと押し寄せてきます。

人も死ぬし、けっこう悲惨な目にあう人もいる。だけど、切れ者でかっこいい幸代、おっとり惚《とぼ》けた文乃、頭の回転が早くて度胸もある有里、この三人のお陰で、壮快なテンポでお話は進んでいきます。

今作でも、それは変わらず。今度の舞台は、映画の撮影現場。往年の大女優を中心に繰り広げられる殺人に、大人のあれやこれやな色恋、お金にまつわるトラブル。およそこの世にある全ての問題の類型がぎゅっと濃縮されたよう。前作にも増して、ページを捲る毎に増えていく登場人物と入り組んだお話の筋。にもかかわらず、ぐいぐい読めてしまうのは、先ほど大事なポイントとして挙げた「純化された共感性」、つまり登場人物ひとりひとりに感情移入できちゃうことなんじゃないでしょうか。

わたしは役者なので、前作や今作に出てくるお芝居のあれこれや、同じ役者の振る舞いや気持ちは自分事として理解ができます。

でもそれだけではなく、本来だったら全然立場が違うはずの人物にだって共感できちゃう。ちょっとした出会いに心ときめかせ、振り回される自分を自嘲《じちょう》しながらもつい今までとは違って見える世界に惹かれる文乃。退屈な日常に舞い込んだ思わぬ冒険にのめり込む小《お》野《の》寺《でら》法子《のりこ》。不安と孤独から、つい近くにあった温かい手を取ってしまったふたり。何なら、己の才能と運が枯渇して、もう人生の下り坂にあることを認めたくないあまり、自分自身から目を背け続けるあの人も。なんとなくわかっちゃう。もちろんわかりたくない、わからない、いやぁな人たちもいます。でも、赤川作品に出てくる登場人物たちは、それぞれ、わたしたち読み手の心の中にある、小さな欠片《かけら》を持っている。だからこそ、一人一人に共感して、ハラハラドキドキしながらページを捲る手を止められないのかもしれません。

優れたトリック、社会の病巣を鋭く抉《えぐ》る筆、魅力的なキャラクター、作家にはいろいろな武器があります。けれども、赤川さんの一番の持ち味は、人を描く際の優しく温かく、時に厳しい眼差《まなざ》しにあるのではないでしょうか。世にこれだけの本があり、たくさんの作家がいても、唯一無二として愛され続ける。三世代も四世代も超えて、変わらず読まれる作品の秘密は、誰の心にも届く、高い共感性にこそあるのかもしれません。

十云年ぶりの赤川作品には、懐かしさと同時に、新しい発見もありました。それはもしかしてわたしが少しだけ大人になって、心の中にいろいろな共感の欠片が増えたからかも。だとしたら、今から10年後20年後に読む赤川作品は、より多くの視点、より多彩な登場人物の欠片で、物語を彩ってくれるでしょう。読む毎に、経験を重ねる毎に共感が増えていく。ライトでカジュアルに読めるように見えて、ワインのようにエイジングの楽しみがある、それが赤川作品。

ちなみに、わたしが現時点で一番好きなのは、もちろん幸代さんです。こんなクールで切れ味鋭いおばあちゃんにいつかなりたい。

この三世代探偵団、続きがございます。だってまだ気になるあれこれが残っていません？

有里の親友、須《す》永令奈《ながれいな》が殺人事件に巻き込まれてしまう『三世代探偵団 生命の旗がはためくとき』。もしかしたらシリーズ一、過激かも。

そして２０２１年５月に連載が終了したばかりの「三世代探偵団４ 春風にめざめて」は、今作でクランク・アップした映画〈影の円舞曲〉のプレミア上映が舞台。

まだまだ、天本家の日々は賑《にぎ》やかそうです。

本書は、二〇二〇年一月に小社より刊行された単行本を文庫化したものです。

三《さん》世《せ》代《だい》探《たん》偵《てい》団《だん》

枯《か》れた花《はな》のワルツ

赤《あか》川《がわ》次《じ》郎《ろう》

令和3年 12月25日　初版発行
令和6年 4月15日　再版発行

発行者●山下直久

発行●株式会社KADOKAWA
〒102-8177　東京都千代田区富士見2-13-3
電話　0570-002-301（ナビダイヤル）

角川文庫 22947

印刷所●株式会社KADOKAWA
製本所●株式会社KADOKAWA

表紙画●和田三造

●お問い合わせ
https://www.kadokawa.co.jp/（「お問い合わせ」へお進みください）
※内容によっては、お答えできない場合があります。
※サポートは日本国内のみとさせていただきます。
※Japanese text only

ISBN 978-4-04-111325-7　C0193

◆◇◇

角川文庫発刊に際して

角川源義

第二次世界大戦の敗北は、軍事力の敗北であった以上に、私たちの若い文化力の敗退であった。私たちの文化が戦争に対して如何に無力であり、単なるあだ花に過ぎなかったかを、私たちは身を以て体験し痛感した。西洋近代文化の摂取にとって、明治以後八十年の歳月は決して短かすぎたとは言えない。にもかかわらず、近代文化の伝統を確立し、自由な批判と柔軟な良識に富む文化層として自らを形成することに私たちは失敗して来た。そしてこれは、各層への文化の普及滲透を任務とする出版人の責任でもあった。

一九四五年以来、私たちは再び振出しに戻り、第一歩から踏み出すことを余儀なくされた。これは大きな不幸ではあるが、反面、これまでの混沌・未熟・歪曲の中にあった我が国の文化に秩序と確たる基礎を齎らすためには絶好の機会でもある。角川書店は、このような祖国の文化的危機にあたり、微力をも顧みず再建の礎石たるべき抱負と決意とをもって出発したが、ここに創立以来の念願を果すべく角川文庫を発刊する。これまで刊行されたあらゆる全集叢書文庫類の長所と短所とを検討し、古今東西の不朽の典籍を、良心的編集のもとに、廉価に、そして書架にふさわしい美本として、多くのひとびとに提供しようとする。しかし私たちは徒らに百科全書的な知識のジレッタントを作ることを目的とせず、あくまで祖国の文化に秩序と再建への道を示し、この文庫を角川書店の栄ある事業として、今後永久に継続発展せしめ、学芸と教養との殿堂として大成せんことを期したい。多くの読書子の愛情ある忠言と支持とによって、この希望と抱負とを完遂せしめられんことを願う。

一九四九年五月三日